康震
诗词课

康震诗词课

青少版

康震 —— 著

人民文学出版社

图书在版编目（CIP）数据

康震诗词课：青少版/康震著．—北京：人民文学出版社，2023
ISBN 978-7-02-018072-1

Ⅰ.①康… Ⅱ.①康… Ⅲ.①古典诗歌—诗歌欣赏—中国—青少年读物 Ⅳ.①I207.2-49

中国国家版本馆CIP数据核字（2023）第111853号

责任编辑　陈彦瑾　　陈　旻
装帧设计　刘　静
责任校对　王筱盈
责任印制　苏文强

出版发行　人民文学出版社
社　　址　北京市朝内大街166号
邮政编码　100705

印　　刷　北京盛通印刷股份有限公司
经　　销　全国新华书店等

字　　数　184千字
开　　本　710毫米×1000毫米　1/16
印　　张　11.75　插页2
印　　数　1—15000
版　　次　2023年8月北京第1版
印　　次　2023年8月第1次印刷

书　　号　978-7-02-018072-1
定　　价　49.00元

如有印装质量问题，请与本社图书销售中心调换。电话：010-65233595

目录

序 / 1

第 1 课　《诗经·周南·关雎》：爱情告白，三千年 / 1

第 2 课　《古诗十九首·迢迢牵牛星》：持久相望，就是永恒相守 / 6

第 3 课　汉乐府《江南》：劳动之乐，爱情之美 / 10

第 4 课　曹操《观沧海》：这是诗，更是宣示 / 14

第 5 课　陶渊明《归园田居》（其一）：向往自然，也是向往自由 / 19

第 6 课　陶渊明《饮酒》（其五）：饮酒，饮的是领悟 / 24

第 7 课　北朝民歌《敕勒歌》：北方大地的生命赞歌 / 29

第 8 课　陈子昂《登幽州台歌》：那一种天长地久的孤独 / 35

第 9 课　孟浩然《春晓》：有一种幸福叫春晓 / 40

第 10 课　孟浩然《宿建德江》：有情绪的风景 / 45

第 11 课　王昌龄《出塞》：在烽烟里守望和平 / 51

第 12 课　高适《别董大》（其一）：失意，不失自信 / 56

第 13 课　王维《山居秋暝》：诗意的世界，理想的境界 / 62

第 14 课　王维《送元二使安西》：比远路更远的友情 / 66

第 15 课　李白《望庐山瀑布》（其二）：这是青春的诗篇 / 70

第 16 课　李白《行路难》（其一）：行路难，不怕难 / 76

第 17 课　杜甫《春夜喜雨》：仁者的世界欢欣圆满 / 82

第18课 杜甫《闻官军收河南河北》：快诗，就是欢快的诗 / 87

第19课 张继《枫桥夜泊》：一个诗人的失眠夜 / 91

第20课 白居易《大林寺桃花》：寻找别样世界里的春色 / 97

第21课 柳宗元《江雪》：最洁净的雪，最孤独的心 / 103

第22课 贾岛《寻隐者不遇》：不遇之遇方为隐 / 110

第23课 李商隐《无题》：难以一一言明的诉说 / 115

第24课 李煜《虞美人·春花秋月何时了》：繁华落尽也是美 / 121

第25课 晏殊《浣溪沙·一曲新词酒一杯》：花园虽小，闲愁依旧 / 125

第26课 王安石《登飞来峰》：心高，才能看得远 / 129

第27课 苏轼《饮湖上初晴后雨》（其二）：天才的想象 / 135

第28课 苏轼《题西林壁》：庐山也会思考 / 139

第29课 李清照《夏日绝句》：虽曰小女子，实乃大丈夫 / 145

第30课 杨万里《小池》：小的，往往是最美好的 / 150

第31课 辛弃疾《清平乐·村居》：如诗如画农家乐 / 154

第32课 文天祥《过零丁洋》：生命已逝，名留史册 / 158

第33课 马致远《天净沙·秋思》：寥寥数笔，秋思绝唱 / 163

第34课 王冕《墨梅》（其三）：水墨的梅，清白的心 / 167

第35课 纳兰性德《长相思》：婉约词家的边塞气派 / 172

第36课 袁枚《所见》：大诗人，小童趣 / 178

后记 / 182

序

　　这个世界上，为什么会有诗词？为什么需要诗词？为什么人们热爱诗词？因为我们拥有激情，我们需要燃烧，我们热爱生命！

　　如果思想是原野，诗词就是在原野奔腾的骏马；如果情感是大海，诗词就是在大海畅游的海豚；如果梦想是天空，诗词就是在天空翱翔的雄鹰；如果现实是森林，诗词就是在森林放歌的百灵；如果劳作是高山，诗词就是在高山挺立的劲松；如果修行是长路，诗词就是在长路绽放的花朵；如果心灵与胸怀是宇宙，诗词就是宇宙里永远闪耀的一颗颗恒星。

　　在诗词里，我们可以尽情呐喊，纵情燃烧，自由飞翔，可以一遍又一遍刷新我们对这个世界最新鲜的感受、印象。诗，可以让我们勇敢，再次充满力量，相信未来精彩，人生一定有光，世界总有希望。

　　这本书，写给勇敢的人、有力量的人、相信未来的人。读了这本书，我们会更加热爱诗词，爱到地老天荒，爱到海枯石烂，爱到山高水长，爱到每时每刻都想要紧紧拥抱着它。

　　热爱诗吧，就是在热爱你自己，热爱这个世界；

　　高唱诗吧，就是在高唱你的生命，高唱你我的未来！

壬寅年春分

首都北京

第 1 课

《诗经·周南·关雎》：爱情告白，三千年

关 雎

[先秦]《诗经·周南》

关关雎鸠，在河之洲。窈窕淑女，君子好逑。
参差荇菜，左右流之。窈窕淑女，寤寐求之。
求之不得，寤寐思服。悠哉悠哉，辗转反侧。
参差荇菜，左右采之。窈窕淑女，琴瑟友之。
参差荇菜，左右芼之。窈窕淑女，钟鼓乐之。

· 选自《诗经注析》（中华书局1991年版）。
· 好逑："逑"是"仇"的假借字，指配偶。
· 芼（mào）："芼"是"覒"的假借字，意为择取。

诗经·周南

《诗经》是我国第一部诗歌总集，大约在公元前六世纪编订成书。它收集了西周初年至春秋中叶五百多年间的作品，按风、雅、颂分为三类，多用赋、比、兴手法，以及四言一句、隔句用韵的体式，开创了中国诗歌的抒情传统、关注现实的"风雅"精神和含蓄蕴藉的艺术渊源。

《周南》为"国风"（即各地的乐调）之一，共十一篇，产生区域涉及今河南西南部、湖北西北部一带（西周成王时期周公的采邑之地）。有人认为"南"是商代古国名。采邑之地不能称国，所以编诗者称之为"周南"，其产生时间大约在西周末年、东周初年。

青春寄语　　大多数美好的爱情，都从青春年少开始。从青春年少直到白发苍苍，爱情依然是心中的美和光，这需要你有一颗不老的诗心。

当君子遇见淑女

这首诗大家都很熟悉。在日常生活中，一位男子遇到了心仪的女子，脱口而出"窈窕淑女，君子好逑"，既赞美了对方，又肯定了自己，两全其美，真得感谢老祖宗的智慧！那么，这对淑女和君子，到底有哪些故事呢？

第一句："关关雎鸠，在河之洲。""关关"是一个拟声词，模拟雎鸠鸣叫的声音，总不能写成"呱呱"吧？"雎鸠"应该是一种扁嘴的候鸟，喜欢捕食鱼类。这两句是说，雎鸠欢快地鸣叫着，双双落在暖风清扬的沙洲上。

第二句："窈窕淑女，君子好逑。"初春时节，鸟儿成双成对，男男女女更是出双入对。这两句是说，窈窕端庄的女子啊，你真是君子的好伴侣。"窈窕"当然指身材苗条，面容姣好，但更重要的是指贤淑有德的女子。在《诗》的年代，这样的淑女无疑是贵族了。那么君子呢？当然也是有身份有地位的男子。《诗》当中的君子，或指周天子，或指卿大夫等贵族。总之，这里所说的淑女、君子不是一般的身份，都是很高贵的角色。

第三句："参差荇菜，左右流之。""荇菜"也叫莕菜，叶片形似睡莲，漂浮水面，花色鲜黄，挺脱出水，引人夺目，可食用，多生长在池沼、沟渠、稻田里。"流"其实是"摎"（liú）的假借字，就是捋、拔的意思。这两句是说，长长短短的荇菜啊，左一把右一把地采起来。奇怪，刚才不是说淑女和君子么？怎么忽然就开始采摘荇菜了？其实这两句并非实指采摘，而是一种比兴的艺术手段，简单讲，就是先说这事儿，从而引起那事儿。比如汉乐府《长歌行》中的"百川东到海，何时复西归。少壮不努力，老大徒伤悲"，前两句就是起兴，目的是为了引出后两句，也有比喻后两句的意思，所以这手法叫作比兴。同样，"参差荇菜，左右流之"也是为了引出第四句"窈窕淑女，寤寐求之"，这句是说，这么美好的淑女啊，梦中醒来都要追求她，隐含的意思就是淑女不易求得，求得殊为不易啊！这就如同荇菜，漂浮水上，采摘不易。

那么，"寤寐求之"有结果么？第五句给出了答案："求之不得，寤寐思服。"淑女端庄、高贵、贤德，岂是想求得便能求得的？虽然追求得很艰难，但是早早晚晚、醒醒睡睡都在思念中，其实也是在不停的追求中，在追求中思念，在思念中追求，以至于"悠哉悠哉，辗转反侧"。长夜漫漫，思念漫漫，辗转反侧，难以入睡啊！

解读的关键

接下来，第七句、第九句"参差荇菜，左右采之""参差荇菜，左右芼之"，有起兴之意，更以重章叠唱的方式努力营造一种回环往复、缠绵不尽的强烈氛围，这也是《诗》特有的艺术手法。其中，"窈窕淑女，琴瑟友之""窈窕淑女，钟鼓乐之"这两句，则是解读淑女与君子故事的关键。从字面意思来看，仿佛是说，"君子"爱慕"淑女"，所以弹奏琴瑟、钟鼓，为了跟她亲近，让她开心。有点像现在的小伙子，弹着吉他对着姑娘唱：亲爱的姑娘，我爱你！"君子"也是用这种方式向"淑女"求爱、示爱。然而实际情形可能并非如此。首先，古代以琴瑟喻君子、淑女，多是指男女婚后和谐美满，而不是恋爱过程。其次，西周时期，琴瑟钟鼓之乐往往是大型典礼用乐。堂上乐工歌唱，以琴瑟伴奏，称为"升歌"；堂下庭院以钟鼓相应和，称为"间歌"；升歌、间歌相应和，组成一场完整的典礼之乐。所以"琴瑟友之""钟鼓乐之"并非小伙子弹奏乐曲向姑娘示爱（湖北随州出土的曾侯乙编钟，分三层八组悬挂在钟架之上，最重者达两百多公斤，绝非单人演奏的乐器），而极有可能是在展示贵族阶层盛大婚礼的场景。前面曾说，诗中的淑女、君子并非普通百姓，应该是高级贵族，所以这里所描绘的很有可能就是他们的婚典场景。而诗篇开首从第三者的口吻说"窈窕淑女，君子好逑"，也似乎是婚典之上大家送给新婚夫妇的赞美与祝福。（清·孙诒让《周礼正义》）

综合来看，这首诗主要描绘的是君子与淑女的婚典场景。在婚典之上，有盛大的乐歌演奏，有大家的美好祝福，也有对窈窕淑女、美好婚配得来不易自当珍惜的感慨，甚至也包括对于"寤寐思服""寤寐求之""辗转反侧"等男女美好恋爱情事的反复回顾。其间，诗人以关雎双双飞落沙洲、以采摘"参差荇菜"反复比兴男女的美好婚恋，营造出庄重而又热烈的氛围。

《诗》，中国文学的先祖

说到《诗》，大家都不陌生。它是中国文学的先祖，中国最早的诗歌总集。它收录的诗篇记录了西周初年到春秋中叶，即公元前十一世纪至公元前六世纪五百余年的社会历史风貌。这些诗篇分为风、雅、颂三类，即从民间采集来的诗歌、公卿贵族的献诗、周王朝的祭祀宴飨乐歌。"风"就是诗作的乐调，十五国风就是来自各地的乐调，共一百六十篇；"雅"指朝廷正乐，西周王畿的乐调，分大雅、小雅，共一百零五篇；"颂"是宗庙祭祀之乐，舞曲较多，共四十篇。《诗》最初主要用于典礼、讽谏和娱乐，是西周礼乐文明的代表。周朝乐官将这些诗歌编辑成书，在诸侯各国的祭祀、朝聘、宴饮活动中发挥了重要的作用。

比如，当初晋文公重耳寄居秦国，在宴席上，重耳唱《诗》之《河水》乐章，表达向秦穆公的臣服、敬仰之意。穆公则唱《诗》之《六月》乐章回应他。重耳的随从赵衰立刻提醒他：赶紧拜谢穆公！原来，《六月》的内容是歌颂尹吉甫辅佐周宣王北伐获胜，穆公唱《六月》是在暗示秦国可以派军队支持重耳返回晋国。可见，如果赵衰不熟悉《诗》，重耳也许就错过了秦穆公的主动援助。（《左传·鲁

僖公二十三年》)

孔子也非常重视《诗》。陈亢曾问孔子之子孔鲤:"你在老师那儿,学到过别人学不到的知识吗?"孔鲤回答:"没有。老师曾一个人站在庭院中,我恭敬地走过,他突然问我:'你学《诗》了吗?'我回答:'没有。'他说:'不学《诗》,相当于不会说话啊。'于是我便退回去开始读《诗》了。"(《论语·季氏》)

到了汉武帝的时代,《诗》被奉为经典,成为《诗经》,汉儒对于《诗经》的解释多有曲解、附会之处,但汉代形成的《诗》教传统和说《诗》体系,对中国古代文学、中国人价值观的生成发展影响深远。

第 2 课

《古诗十九首·迢迢牵牛星》:持久相望,就是永恒相守

迢迢牵牛星
[汉]《古诗十九首》

迢迢牵牛星,皎皎河汉女。
纤纤擢素手,札札弄机杼。
终日不成章,泣涕零如雨。
河汉清且浅,相去复几许?
盈盈一水间,脉脉不得语。

·选自《古诗十九首》(中华书局2016年版)。
·擢:引,伸出。

古诗十九首

　　汉代文人创作的五言诗,最早收录在南朝梁萧统编纂的《文选》中。其作者多是漂泊在外求取功名的宦游士人,编纂者不知道具体作者,于是统称为"古诗十九首"。这些诗作不写于一时一地,多抒发游子的羁旅情怀与思妇的闺怨情愁,再现了汉代文人思想情感的幻灭与沉沦、觉醒与痛苦,语言纯朴自然,书写生动真切,风格浑然天成,代表了汉代文人五言诗的最高成就。

> **青春寄语**　　世上有许多爱情，仿佛只能相望，无法相守。其实，持久的相望，往往就是永恒的相守。

千年传说牛郎织女

《迢迢牵牛星》是东汉文人五言诗《古诗十九首》中的一首。

头两句"迢迢牵牛星，皎皎河汉女"，其实可以看作是一句诗：牵牛星（又名牛郎星）与织女星，遥远而明亮，熠熠生辉。在中国人的文化记忆里，这两颗星星，其实是一对恩爱小夫妻，由于触怒了天帝、王母娘娘，他们常年在银河两端遥遥相望，只有在农历七月初七这一天，才能在喜鹊搭起的鹊桥上相会，这一天就是著名的七夕节，也被称为中国的情人节。

牛郎织女的传说由来已久。从《诗经·大东》到这首《迢迢牵牛星》，牛郎、织女这两颗明亮的星星越走越近，终于成为遥隔银河、守望彼此的一对恩爱夫妻了。看来东汉末年到魏晋时期，应该就是牛郎织女传说的成熟期。再回到这两句诗，"迢迢""皎皎"其实是互文见义，意思是牵牛、织女都很明亮，又很遥远。这里没有再说"皎皎织女星"，而改称"皎皎河汉女"，一则是为了避免与"牵牛星"的表述方式重复，二则以河汉女——银河边的女子来称呼织女，显得既浪漫生动，又凸显了织女的美丽活泼，手法非常巧妙。

三、四两句"纤纤擢素手，札札弄机杼"，是说织女伸出纤细洁白的双手，摆弄着织布的机杼，札札地响个不停。这个"弄"字用得非常传神。织女的素手虽然在机杼上，但她其实根本无心织布，手指只是在机杼上来回摆弄、摩挲，并没有真的在劳作，为什么？因为"终日不成章，泣涕零如雨"，一整天都悲伤不已，泪如雨下，所以虽然在机杼边坐了一整天，却连一匹布也没有织成，一点也没有织布的心思。为什么这样伤悲？因为见不到心上人啊！——"河汉清且浅，相去复几许？盈盈一水间，脉脉不得语。"牛郎织女冒犯了天庭、天帝，所以只能是我在银河这边，你在银河那边。除了七夕这天鹊桥相会，常年累月他们是见不到对方的。银河的水是浅浅的，是清清的，牛郎织女间的距离似乎也没有那么遥不可及，但就是这一水之间，他们却只能遥遥相望，连一句贴心的话儿都说不上。"盈盈"不是形容银河水，而是形容织女端庄秀丽的样子；"脉脉"则是形容织女略显矜持、脉脉含情的样子。这四句合起来，就是说银河的水又清又浅，牛郎织女相去也并不远，然而美丽端庄的织女啊，遥望着牛郎，脉脉含情，略带矜持，彼此间却说不上一句知心的话。

游子思妇主题

《迢迢牵牛星》是《古诗十九首》中的经典之作，是游子思妇主题的代表作。《古诗十九首》的基本主题、内容就是游子思妇、羁旅行役之情。这其实也是一个问题的两个方面，因为羁旅行役之举，便有游子思妇之情，而游子思妇所挂念的，也正是身在远方的亲人。这些诗作的作者大多都是东汉末年的宦游士人，他们离家在外，就是为了能够进入仕途，建功立业。但是漫漫仕途往往又不是他们希冀的那样顺畅，甚至反而非常艰险困苦。所以在他们的诗中，思妇对于游子、游子对于思妇的思念就显得特别迫切："相去日已远，衣带日已缓。浮云蔽白日，游子不顾返。思君令人老，岁月忽已晚。"（《行行重行行》）也显得特别无奈与孤独："还顾望旧乡，长路漫浩浩。"（《涉江采芙蓉》）"思还故里闾，欲归道无因。"（《去者日以疏》）"出户独彷徨，愁思当告谁！引领还入房，泪下沾裳衣。"（《明月何皎皎》）

《迢迢牵牛星》则进一步将这彼此的思念、遥望与相守扩展到天上，让游子思妇的主题拥有了一个更大的抒情空间。这首诗看似在写牛郎织女隔河相望不得聚首的痛苦，实则在写游子思妇千里隔绝难以团圆的离恨别愁。全诗并无一句言及游子思妇自身的苦衷，但却没有一句不渗透着作者浓厚的思念情怀，全诗也因此闪现出绚丽的浪漫色彩。诗一共有十句，六句都用了叠音词，比如"迢迢""皎皎""纤纤""札札""盈盈""脉脉"。这些叠音词使得整首诗极富音乐的节奏感和韵律感，使得美丽而悲伤的织女、缠绵而浪漫的情怀跃然纸上，如在眼前，具有极大的艺术感染力，的确是千古流传的艺术精品。

第 3 课

汉乐府《江南》：劳动之乐，爱情之美

江　南
汉乐府

江南可采莲，
莲叶何田田。
鱼戏莲叶间。
鱼戏莲叶东，
鱼戏莲叶西，
鱼戏莲叶南，
鱼戏莲叶北。

· 选自《乐府诗集》卷二十六（中华书局2017年版）。
· 田田：莲叶盛密貌。

汉乐府

乐府是汉代常设的音乐管理机构，负责组织文人创作朝廷所用歌诗，保存、搜集前代古乐与各地歌谣。这些诗作就是后世所称的汉乐府诗。其作者涉及从帝王到平民各个阶层，主题涉及爱恨情仇、苦乐生死、世间神界等各个方面。汉乐府推动诗歌体式由四言走向杂言、五言，标志着中国古代叙事诗的成熟，其"感于哀乐，缘事而发"的现实主义创作精神，对中国文学影响深远。宋人郭茂倩编著的《乐府诗集》，辑录了先秦至五代的乐府歌辞与歌谣。

第 3 课
汉乐府《江南》：劳动之乐，爱情之美

青春寄语　　江南，不仅仅是一方水土，一道风景。江南与采莲，与莲叶下的鱼儿，更是活泼的青春，欢乐的时光。

明媚欢快的江南

这是一首汉乐府民歌，内容非常简单、纯粹，却给我们呈现了一个永难忘怀的魅力江南。千百年后，依然记忆鲜明，印象深刻。

先看头两句："江南可采莲，莲叶何田田。"又到了江南采莲的季节，一叶轻舟驶来，在莲叶的间隙里穿行。远远望去，大片的莲叶浮出水面，高高低低，层层叠叠，挨挨挤挤，迎风招展，煞是好看！说到采莲，那必有采莲女啊！闭上眼睛想一想，夏日里，蓝天白云，水波荡漾，一叶轻舟在莲叶里穿进穿出，船上的姑娘们（兴许还有小伙子呢）一边采莲，一边说说笑笑、打打闹闹，好不欢喜！

其实，这头两句看似写的都是景，景里隐藏的全是人的活动，是人在眺望，人在赞叹，人在采莲，人在行船。按照这个叙述节奏的话，诗中的人物很快就要闪亮登场，走到前台了。然而，接下来，诗人笔锋一转，却将视线投向了水面，投向了在莲叶间欢快游动的鱼儿的身上！诗人说——鱼戏莲叶间。其实嬉戏打闹的本来是人，然而这首诗写到此刻，字面上没有出现半个人影，作者反而将这个最具喜感的"戏"字送给了鱼儿，岂不怪哉？其实细想，一点儿也不奇怪，这正是《江南》的妙处。清人张玉谷说："此采莲曲也。前三，叙事。不说花，偏说叶，叶尚可爱，花不待言矣。鱼戏叶间，更有以鱼比己意，诗旨已尽。"（《古诗赏析》卷五）意思是说，看似在写莲叶，其实是在写莲花，莲叶尚且如此可爱，莲花就更不消说了。至于鱼儿在莲叶间嬉戏，也是一样的道理，看似在写鱼的快乐，其实重点还在写人的快乐，这就是全诗的题旨啊！

言外之意，韵外之致

其实，在这里，"鱼戏莲叶间"既可能是真实发生的场景，也可能是一种别具情趣的隐喻。比如诗中的这条"鱼"（极可能是多条鱼）的形象就很有意思。《诗经·召南·何彼秾矣》"其钓维何？维丝伊缗"，以多条丝线糅成钓鱼线暗喻美满婚姻；《诗经·齐风·敝笱》"敝笱在梁，其鱼鲂鳏"，以鲂鱼、鳏鱼比喻男女之事；汉乐府《白头吟》"竹竿何袅袅，鱼尾何簁簁"，以摆动的鱼尾暗喻男女相爱；南朝乐府的《娇女诗》"上有神仙居，下有西流鱼。行不独自去，三三两两俱"，也以往来的鱼儿比喻男女情爱。还有诗中的这枝"莲"（极可能也是多枝莲），也是别有深意。比如《古诗十九首》之《涉江采芙蓉》："涉江采芙蓉，兰泽多芳草。采之欲遗谁，所思在远道。"以采集芙蓉（即采莲）表达夫妻之间的情意。南朝乐府《西洲曲》说："采莲南塘秋，莲花过人头。低头弄莲子，莲子青如水。"莲花、莲子之"莲"都谐音"怜"，意谓男女之间的"怜爱"之情。

从这些线索来看，古典诗词中的"鱼""莲"，一方面有其自身的实际涵义，一方面也有另一层隐喻之义。就《江南》中的"鱼""莲"而言，的确如张玉谷所言："鱼戏叶间，更有以鱼比己意，诗旨已尽。"既是真实的欢快的采莲劳动场景，也可能同时以鱼、莲来暗喻劳动中男女间的情爱之事，两个主题并行不悖。我们可以做这样一个合理的想象：在晴朗明媚的夏日，一群妙龄女子，划着轻舟，结伴来到水边采摘莲子。莲叶出水很高，婷婷袅袅。女子们一边采着莲子，一边快乐地嬉戏打闹。这时，水中的鱼儿也不闲着，在莲叶间穿来游去，一会儿游向东边，一会儿游向西边，一会儿向南，一会儿向北，撞得莲叶、莲花颤动不已，摇摆不止，逗得姑娘们哈哈大笑。让人不禁联想到，这些活泼的鱼儿在莲叶间游来游去，仿佛有情人在向心上人表达着内心的爱慕，出水的莲叶、莲花好似身着舞衣的女子，亭亭玉立，在鱼儿们的冲撞下摇曳多姿，花枝乱颤，芳心摇动。

这固然是我们一个美好的想象、联想，不过，这样的想象也是有真实基础的。

事实上，这首《江南》在汉乐府分类中属于《相和歌辞》，"相和歌"本来就是一种两人彼此唱和，或者一个人主唱、众人唱和的歌曲艺术形式。所以，"鱼戏莲叶间"很有可能是主唱、领唱的歌词，而"鱼戏莲叶东"等四句则是众人唱和的合唱歌词。《江南》的具体演唱形式已经难以确知，但是主唱、领唱与合唱相结合的演唱形式，无疑最大限度地还原了这首诗所表现的热烈欢快的劳动场景，也还原了这首诗所要表达的男女情爱的言外之意、韵外之致，莲叶、莲花、莲子是美好的、甜美的，采莲的劳动是美好的，采莲的女子是美丽的，而在热烈欢快的采莲劳动中的男女情愫、情感更是无比美好幸福的，我想，这也许才是《江南》所要表达的江南之美的真正含义吧。

第 4 课

曹操《观沧海》：这是诗，更是宣示

观沧海
[汉] 曹操

东临碣石，以观沧海。
水何澹澹，山岛竦峙。
树木丛生，百草丰茂。
秋风萧瑟，洪波涌起。
日月之行，若出其中。
星汉灿烂，若出其里。
幸甚至哉，歌以咏志。

· 选自《曹操集》（中华书局2012年版）。

曹操（155—220）

字孟德，沛国谯县（今属安徽亳州）人。东汉末年政治家、军事家、文学家。曹操一生戎马征战，擅长乐府创作，诗风慷慨悲凉。麾下文人汇聚，推动了文坛发展，是"建安风骨"的代表人物。《三国志》有传，有《曹操集》行世。

第 4 课
曹操《观沧海》：这是诗，更是宣示

青春寄语　　英雄写下的抒怀文字，往往不只是文学，而是面向时代的思想宣示，有时甚至就是一个时代的心声。

如幽燕老将，气韵沉雄

曹操的诗豪迈、雄壮，后人评价："魏武帝如幽燕老将，气韵沉雄。"（宋·敖陶孙《臞翁诗评》）其实，曹操绝不只是一位将军，更是一位杰出的统帅、不世的英雄。

"碣石"，又名碣石山，位于今河北省境内。大家可能会问，曹操的大本营在许昌，怎么会跑到河北去写诗呢？想当年，曹操"挟天子以令诸侯"，将汉献帝刘协紧紧攥在手中，自己做丞相，号令天下，意欲统一华夏。但他面临几大挑战：一是河北枭雄袁绍，二是江东霸主孙权，三是荆州刺史刘表，以及当时蛰伏在刘表麾下的刘备。曹操只有将他们扫荡殆尽，才能一统天下。

汉献帝建安四年（199），曹操与袁绍正式开打。第二年，官渡一战，曹操大败袁绍，北方最大的威胁基本消除了。建安七年（202），袁绍去世，他的两个儿子袁尚和袁熙逃往乌桓。

乌桓是草原民族，兴起于秦汉之际，势力范围在今辽西、辽东一带，袁绍已灭，北方最大的威胁就是乌桓。建安十二年（207），曹操力排众议，主动出兵，平定乌桓，并先后灭掉袁尚、袁谭、袁熙。之后，率大军回师，途经今河北秦皇岛碣石山，登临其上，遥望大海，写下这首著名的《观沧海》。

气象不凡，壮怀激烈

"东临碣石，以观沧海。"我登上碣石山，向东远望，浩渺的大海尽收眼底。

"水何澹澹，山岛竦峙。"海水宽阔浩荡，山岛在海中高高挺立。"树木丛生，百草丰茂。秋风萧瑟，洪波涌起。"秋风阵阵，吹动繁盛的草木，发出萧瑟悲凉的声响，大海的波涛翻滚涌动，眼前的景象，真是令人内心无比激荡！

从"东临碣石"直到"洪波涌起"，这八句写的都是眼前的实景，后面的六句则是咏志了。

"日月之行，若出其中。星汉灿烂，若出其里。"大海、树木、百草、秋风、洪波，天地自然，真是浩荡无垠！我感觉日月的运行、星河的辉光，都仿佛是从这浩瀚的大海里跃出。显然，诗人的视野早已超越了碣石、大海与草木，他抒发着无限的感怀，将目光投向了日月和宇宙。"幸甚至哉，歌以咏志。"我是多么幸运，眼前的景象让我壮怀激烈，就用这首诗来表达我内心的志向吧！

曹操的《观沧海》气象不凡，我们不由得想起他的另一首诗《龟虽寿》："神龟虽寿，犹有竟时。腾蛇乘雾，终为土灰。老骥伏枥，志在千里。烈士暮年，壮心不已。盈缩之期，不但在天。养怡之福，可得永年。幸甚至哉，歌以咏志。"人生苦短，生命无常，但是对于曹操这样的英雄豪杰而言，生命的价值绝不仅仅只是凭年寿长短来衡判，而是在心怀壮志的奋斗中获得最大的实现。从这首《短歌行》里，我们更能看出曹操一统天下的雄心壮志。

曹操的魅力

曹操年轻的时候，请名士许劭评价自己，许氏不愿意，曹操坚持问到底，许劭无奈，只好说："子治世之能臣，乱世之奸雄。"你这样的人，太平盛世是治国理政的能臣，如果遭逢乱世，一定是个奸雄啊！曹操听罢哈哈大笑。当初曹操与袁绍起兵讨伐董卓，袁绍问他，如果讨伐不利，如何据守？曹操反问，你说怎么办？袁绍说，我向南据守黄河，向北以燕、代之地为阻隔，聚合戎狄的兵力，然后南下夺取天下，也许能够成就功业吧？曹操回答说："吾任天下之智力，以道御之，无所不可。"我将天下英才汇聚帐下，以道义统御之，一定无所不能。（《三国志·魏书》卷一《武帝纪》）可见，曹操的见识的确高于袁绍一筹。在他看来，济济人才、人心所向，这才是夺取天下的制胜法宝。

曹操挟天子以令诸侯，不少人骂他名为汉相，实为汉贼。为此，曹操专门写了一篇《让县自明本志令》，向天下人表白心迹。他回顾三十多年的经历，表明自己最初的志向不过是讨贼封侯。后来平定北方，"身为宰相，人臣之贵已极，意望已过矣"。已经做到宰相，没有更大的野心。"今孤言此，若为自大，欲人言尽，故无讳耳。设使国家无有孤，不知当几人称帝，几人称王！"今天我摆自己的功劳，好像非常自大，其实不过是为了消除人们的非议，才无所顾忌地说出来。要知道，假使国家没有我，不知道会有多少人称帝，多少人称霸！

他又说："然欲孤便尔委捐所典兵众，以还执事，归就武平侯国，实不可也。何者？诚恐已离兵为人所祸也。既为子孙计，又已败则国家倾危，是以不得慕虚名而处实祸，此所不得为也。"意思是：有人说，既然你没有野心，就将兵权交回朝廷好了。曹操认为这万万使不得，他一旦放弃了兵权，不仅本人会遭陷害，子孙也会深陷危机，国家更会陷入混乱和动荡。他认为，绝不能为了邀取让权于天下的虚名而招致现实的祸患。这些见解都体现出曹操务实的政治态度与政治智慧。曹操最后表示,将他三块封地的二万户赋税交还朝廷,只保留一块封地,以此来缓解世人对他的诽谤、议论和指责。

通过这些诗篇、这几则小故事和这篇文章,我们可以感受到,曹操的确是一位有鲜明个性、有历史担当、有博大胸怀、有真性情的大英雄、大政治家、文学家。曹操的魅力也就在于此。

1954年夏天,毛泽东来到碣石山,写下著名的《浪淘沙·北戴河》。词云:"大雨落幽燕,白浪滔天,秦皇岛外打鱼船。一片汪洋都不见,知向谁边?　往事越千年,魏武挥鞭,东临碣石有遗篇。萧瑟秋风今又是,换了人间。"在《沁园春·雪》(1936年2月)中,毛主席曾纵论历代风云人物:"惜秦皇汉武,略输文采;唐宗宋祖,稍逊风骚。一代天骄,成吉思汗,只识弯弓射大雕。"这些大英雄都是武略有余,文韬不足啊!但毛主席对曹操评价很高,说他是个了不起的政治家、军事家,也是一个了不起的诗人。毛主席喜欢曹操的诗,认为他的诗"气魄雄伟,慷慨悲凉,是真男子,大手笔"。曹操在《观沧海》里说"秋风萧瑟,洪波涌起",毛泽东说"萧瑟秋风今又是,换了人间"。他们的诗篇都代表着自己时代的理想与精神,他们都是中华民族历史上不朽的英雄。

第 5 课

陶渊明《归园田居》(其一):向往自然,也是向往自由

归园田居(其一)

[晋] 陶渊明

少无适俗韵,性本爱丘山。误落尘网中,一去三十年。
羁鸟恋旧林,池鱼思故渊。开荒南野际,守拙归园田。
方宅十余亩,草屋八九间。榆柳荫后檐,桃李罗堂前。
暧暧远人村,依依墟里烟。狗吠深巷中,鸡鸣桑树颠。
户庭无尘杂,虚室有余闲。久在樊笼里,复得返自然。

· 选自《陶渊明集》卷二(中华书局1979年版)。
· 方宅:指宅地,宅屋周围。方,方圆,周围。
· 暧暧:隐约、模糊的样子。

陶渊明(365?—427)

又名潜,字元亮,浔阳柴桑(今属江西九江)人,自号五柳先生,卒后私谥靖节,世称靖节先生。晋宋之际著名诗人。曾入仕为官,后辞归乡里,过着隐逸躬耕的生活。他的诗多写田园生活,情景、事理浑然天成,言语朴素率真,意味深长,开创了田园诗一派。后世敬仰他的人格境界、价值追求,尊其为"隐逸诗人之宗""田园诗派之祖"。《宋书》《晋书》《南史》有传,有《陶渊明集》行世。

青春寄语　陶渊明的青春时代，始终在做官养家与退隐田园之间摇摆。后来，终于下决心归隐，遂了自己的心愿。归隐固然算不上积极的理想，但要实现自己的理想，就要早下决心，不能太晚。

回归自由的生活

以《归园田居》为题，陶渊明一口气写了五首诗，这是第一首，可见他真的非常渴望也非常享受自由的田园生活。

他说："少无适俗韵，性本爱丘山。"自己的本性就是向往自然山林，不喜欢世俗间的应酬周旋，但是"误落尘网中，一去三十年"，误入官场多年。"羁鸟恋旧林，池鱼思故渊"，好像笼中的鸟儿，我无比眷恋山林，好像池塘里的鱼儿，我无比思念大江大河。所幸，现在终于回到了自己的家乡，回到了田园，回到了自己的理想居所——

"开荒南野际，守拙归园田。"在向南的郊野开垦荒地，在田园居所里抱朴守拙。"方宅十余亩，草屋八九间。"住的也就是八九间草屋，占地不过十来亩。"榆柳荫后檐，桃李罗堂前。"房屋的后檐深藏在榆柳的浓荫里，房屋的院落满是桃李果树。"暧暧远人村，依依墟里烟。狗吠深巷中，鸡鸣桑树颠。"远处依稀有许多人家，屋顶上飘升起袅袅炊烟，深巷里传来狗叫的声音，桑树顶上的鸡鸣也在耳边盘旋。"户庭无尘杂，虚室有余闲。"屋内户外并无尘俗杂事萦绕，安谧的居室里有的是自在悠闲。"久在樊笼里，复得返自然。"在俗世的笼子里太久，总算是重新回到自然，回到自在，回到自己自由的内心了。

第 5 课
陶渊明《归园田居》(其一)：向往自然，也是向往自由

榆柳荫后檐
桃李罗堂前
晋宗陶渊明诗句
癸卯春康震

为什么辞官归隐？

不过，热爱美好田园，为什么非得辞官归隐呢？要知道，东晋南朝时代，世道并不纯洁，人心更不纯真，寒门都想攀附门阀，门阀都想攫取大权，至于普通士人，个个都想做官，人人都想富贵。难道陶渊明不爱做官，不爱俸禄？要知道他的曾祖陶侃乃是东晋开国元勋，祖父、父亲也都做过太守。按理说，他应该继承这样的家风，怎么反而辞官归隐了？

据史料记载，陶渊明从二十九岁起，共做过五次官，每次的官都不大。时间最长不过三年多，最短不到三个月。在《归去来兮辞》中，他说："余家贫，耕植不足以自给。幼稚盈室，瓶无储粟，生生所资，未见其术。亲故多劝余为长吏……"家里很穷，种田很难糊口，孩子又多，没有存粮，没办法维持生计，所以亲戚朋友都劝我出去做官。可见陶渊明做官本非内心所愿，只是为了养家糊口而已。

既然如此贫困，那为何还要辞官归隐呢？陶渊明自己说，他本性真率，在外做官只是为了喂饱肚子，所以总想早早回乡。贫穷虽然令人饥寒，但长期在官场周旋也令自己身心疲病。（《归去来兮辞·并序》）如果还要低头奉迎那些上级官员，那他肯定不会为了这五斗米而弯腰屈膝了。（《晋书·列传第六四》）换言之，陶渊明就是在俸禄与尊严之间，在做官与自由之间，选择了尊严与自由，但同时也选择了贫穷与寂寞。这也许就是他隐居乡野的真相。

靠什么维持生计？

但隐居也得过日子，也得生活，回归田园的陶渊明靠什么维持生计呢？从他的诗文来看，除了早期依靠官俸以外，主要就是靠开荒种田："种豆南山下，草盛豆苗稀。晨兴理荒秽，带月荷锄归。"（《归园田居》五首其三）在南山下播种豆子，但田里常常是野草兴盛而豆苗稀疏，每天早上都要去清理杂草，直到月上东山才回到家里。看起来，虽然劳作很辛苦，但收成总是不尽如人意。所以他也会常常与乡里老农交流种田经:"时复墟曲中,披草共来往。相见无杂言,但道桑麻长。"(《归园田居》五首其二)聊得高兴了,也会跟邻居们喝点新酿酒,饱餐一顿蘑菇炖小鸡:"漉我新熟酒,只鸡招近局。"(《归园田居》五首其五)

但就是这样平淡至极而又素净的生活,也是屡起波澜。晋安帝义熙四年(408),陶渊明家里遭遇了一场火灾:"正夏长风急,林室顿烧燔。一宅无遗宇,舫舟荫门前。"(《戊申岁六月中遇火》)夏天风急火大,茅屋瞬间被大火吞没,家里烧得干干净净,只剩下光秃秃的柴门和门前的小船。到陶渊明晚年,更是常常青黄不接,吃饭都成问题,家境更加贫困。他在《有会而作》一诗中说:"弱年逢家乏,老至更长饥。菽麦实所羡,孰敢慕甘肥!"从小家里就很穷困,到了晚年依然还是挨饿,能吃上粗茶淡饭就很知足了,哪儿敢期望什么甘食美味呢?其实,凭借他的才华与名声,日子本来可以过得很好。有一次,陶渊明卧病在床好多天,又饥又渴,瘦弱不堪,江州刺史檀道济亲自登门拜访,就问他:贤者处世的原则,天下无道则隐居,有道则出仕,如今你生逢开明之世,为什么还要将自己弄得如此困苦不堪呢?陶渊明回答说:我哪儿敢自许贤能之士,我的志趣也比不上他们啊。檀道济送给他粮食和肉食,他却挥挥手让檀道济回去。(《南史·列传第六五》)还有一位江州刺史王弘也很厚待他,常常派人送酒给他喝。陶渊明的老朋友颜延之常常与他喝酒,每喝必醉。临走还留给他两万钱,陶渊明却将这些钱全部花在喝酒上了。(《南史·列传第六五》)

还是那句话,陶渊明之所以安于隐居、安于贫困,不愿出来做官,不愿接受别人的馈赠,一个非常重要的原因在于,他选择了自己热爱的山林草野,自己向往的自由生活,自己坚守的人格尊严。一句话,这是他自己的选择,他的选择他做主,他的选择他便享受其中。钟嵘称陶渊明为"古今隐逸诗人之宗也"(《诗品》),他隐去的只是对仕途的追求,凸显的却是对自由尊严的追求与渴望,这或许就是陶渊明在当代的意义,也是他留给这个世界的宝贵的思想遗产、文化遗产吧。

第 6 课

陶渊明《饮酒》(其五)：饮酒，饮的是领悟

饮酒（其五）

〔晋〕陶渊明

结庐在人境，而无车马喧。
问君何能尔？心远地自偏。
采菊东篱下，悠然见南山。
山气日夕佳，飞鸟相与还。
此中有真意，欲辨已忘言。

· 选自《陶渊明集》卷三（中华书局1979年版）。
· 此中：一作"此还"。

第 6 课
陶渊明《饮酒》(其五)：饮酒，饮的是领悟

青春寄语　　题曰饮酒，但用意并不全在酒。二十首饮酒诗写的都是心里话、想说的话。人们喜欢这些诗，也是因为这个原因。文字要留得住，留得久远，就要说真话，说心里话，这是从年轻的时候就要明白的道理。

辞官归隐，酒后所写

这首诗的写作背景，与《归园田居》大体同时前后，都是陶渊明辞官归隐后所作。

诗一开头就说："结庐在人境，而无车马喧。"就住在车水马龙的人世间，但是却一点儿也听不到车马喧闹的声音。"问君何能尔？心远地自偏。"为什么听不到声音？你是如何做到的？因为内心深处，早已远离了人寰，早已不再眷恋喧闹的市井，所以就算居住在闹市里，也感觉好像居住在偏远的地方。"采菊东篱下，悠然见南山。"在东篱之下我采摘着菊花，抬起头来，远处的南山就在眼前。"山气日夕佳，飞鸟相与还。"山林间的气息与傍晚的景象相映成趣，一群群的鸟儿，结伴飞还。"此中有真意，欲辨已忘言。"哦——这眼前的情形啊，让我感觉有一种人生的意味蕴藏其中，这意味是什么？我想要说，却说不出来。

这首诗，非常的美。美，主要不在风景，而在于风景中的人，在于不同寻常的人，不同寻常的做派。那么，我们的诗人是一个怎样的人呢？陶渊明的《饮酒》一共写了二十首，诗前有一篇小序，说明写作的缘由：我闲居在家，没什么事，也少有快乐的时候。秋天的夜晚又越来越长，偶尔有好酒，没有一晚不喝的。常常是对着自己的影子，独自干杯，不一会儿，很快就醉了。醉了，又常常不免写几句诗，聊以自娱。就这样，诗句渐渐增多，也没有特意去编排。只是请老友帮

忙誊写出来,让大家看看,开心罢了。(《饮酒·序》)

可见,这二十首诗,都是在酒后所写,有的写在微醺之际,有的写在大醉之后。从这篇小序来看,陶渊明真的爱酒,可以说到了不能一日无酒的地步。那么,酒中到底有什么乐趣呢? 要回答这个问题,还得问陶渊明的外公孟万年(孟嘉)。孟万年是东晋大将军桓温的下属。他非常喜欢饮酒,就算是喝多了也不会胡言乱语,行为举止依然很有规矩。有的时候,喝酒喝得高兴,不免放纵情怀,仿佛置身世外,旁若无人。桓温曾经问孟万年:酒到底有什么好处,您为什么这么喜欢喝酒? 孟万年笑着回答说:您(这样问我)是因为您没有体验到酒的特别意趣啊! (晋·陶渊明《晋故征西大将军长史孟府君传》)可见,陶渊明的爱酒,真有些家族遗传的因素。唐代诗人李白也间接地回答过这个问题,他说:"三杯通大道,一斗合自然。但得酒中趣,勿为醒者传。"(《月下独酌》四首其二)意思是,三杯酒后,人就与大道相通了,一斗酒后,人就与自然合一啦! 酒中的乐趣,只有醉后才能心领神会,对那些从未醉酒的人来说,说了也没有用(所以干脆就不要告诉他们)。

《饮酒》组诗

然而,当我们翻开这二十首《饮酒》,却发现仅有五首诗具体、直接地写到了酒,其余十五首都没有直接涉及酒。大题目是《饮酒》,但只有四分之一直接写到酒,这真应了欧阳修的那句名言:"醉翁之意不在酒,在乎山水之间也。"(《醉翁亭记》)陶渊明的用意当然不在山水之间,他的《饮酒》组诗,从饮酒开始破题,但诗中的所思所想,却绝不仅仅局限于饮酒,而是在饮酒中、饮酒后的状态中,感受到的人生况味、生命体悟、田园经验、生活意趣等等。

比如《饮酒》其一:"衰荣无定在,彼此更共之。……寒暑有代谢,人道每如兹。"衰荣无定时,寒暑有代谢,人事又何尝不是如此呢? 昭明太子萧统认为陶渊明:"语时事则指而可想,论怀抱则旷而且真。"(南朝梁·萧统《陶渊明

第 6 课
陶渊明《饮酒》（其五）：饮酒，饮的是领悟

结庐在人境，而无车马喧。问君何能尔，心远地自偏。采菊东篱下，悠然见南山。山气日夕佳，飞鸟相与还。此中有真意，欲辨已忘言。

陶渊明 饮酒其五　康震

集·序》)说起时事针对性强引人深思,谈起怀抱胸怀旷达而内心真诚。晋宋之际的时局动荡莫测,陶渊明是乱也看惯了,篡也看惯了,这样的慨叹当然是有所指的。灰暗的政风,必然导致社会道德水准下降,《饮酒》其二就表达了这样的忧虑:"积善云有报,夷叔在西山。善恶苟不报,何事空立言。"都说善有善报,可是伯夷、叔齐却饿死在首阳山,善恶的报应都无法兑现,说那么多空话又有何用? 正因为如此,诗人才在诗中特意标举高洁坚贞的人格象征:"青松在东园,众草没其姿。凝霜珍异类,卓然见高枝。连林人不觉,独树众乃奇。"(《饮酒》其八)东园里的青青松柏,埋没在杂草丛林里,然而严酷的寒霜让杂树凋零,只有青松高高挺立,卓尔不群。但是现实总是残酷的,圣贤们的人格固然高洁,其生活的遭遇却令人痛惜,诗人常常在诗中替他们抱不平:"颜生称为仁,荣公言有道。屡空不获年,长饥至于老。"(《饮酒》其十一)颜回、荣启期有仁者情怀,安贫乐道,却要么穷困短命,要么一辈子受穷挨饿。

　　诗人对于世道的沦丧痛心疾首:"羲农去我久,举世少复真。……终日驰车走,不见所问津。"(《饮酒》其二十)羲和神农早已远去,真醇的世风荡然不存。世人终日追名逐利,再也无人问津治世之道啊! 但又有什么办法呢? 所以,不如还是回归田园吧:"遂尽介然分,拂衣归田里";不如还是在田园里痛痛快快地喝酒吧:"虽无挥金事,浊酒聊可恃。"(《饮酒》其十九)毕竟与相知相得的老友喝酒,才是最快乐的:"故人赏我趣,挈壶相与至。……悠悠迷所留,酒中有深味。"(《饮酒》其十四)恍恍惚惚中,半醒半醉之间,诗人感受到了饮酒的快乐,感受到了酒中的深意。这种快乐与深意,其实就是诗人对于真醇、美好生活的向往,对于独立、自由人格的向往。在世道浇薄的时代,这种向往也只能落实在归隐田园的行为当中。《饮酒》其五所描绘的,其实就是这种理想化的生活状态,或者说,对这种理想化的生活状态的想象与幻想,这也是《饮酒》其五诗美的真实内涵。

第 7 课

北朝民歌《敕勒歌》：北方大地的生命赞歌

敕勒歌
北朝民歌

敕勒川，阴山下。天似穹庐，笼盖四野。
天苍苍，野茫茫，风吹草低见牛羊。

· 选自《乐府诗集》卷八十六（中华书局1979年版）。
· 见：显现，使看见。

北朝民歌

北朝民歌即北朝乐府民歌，主要指宋人郭茂倩《乐府诗集·横吹曲辞》收录的"梁鼓角横吹曲"，共二十一曲六十余首，多是十六国、北魏后期的作品，东晋前后传入南朝，经过南朝梁乐府机构加工整理，故名梁鼓角横吹曲。北朝乐府民歌展现了北方各区域、民族辽阔雄浑的山川风物，豪迈雄健的尚武精神，苍凉悲怆的战乱经历，真率开放的婚恋生活，多用五言体式，歌辞质朴，言语大胆，风格刚健，对后世影响深远。代表作是《木兰诗》等。

> **青春寄语**
>
> 敕勒歌是男子汉的歌,是千里草原的歌,是长空雄鹰的歌,是万马奔腾的豪言壮语。这一首歌里,装的是乾坤浩荡,装的是一个民族生生不息的历史与生命!

草原民族的史诗歌唱

这首《敕勒歌》是南北朝时期北朝的乐府民歌。敕勒是古代北方的一个少数民族,北魏时又称铁勒部。东魏北齐时期,敕勒部居住在朔州(今属山西北部)一带。

头两句:"敕勒川,阴山下。"敕勒川,并不是一个固定的地名,泛指敕勒部族居住的平川、原野。阴山,分布在今内蒙古自治区南部、东北直至内兴安岭一带。这是说,在连绵逶迤的阴山脚下,是我们敕勒部族居住的广袤原野。

三、四句:"天似穹庐,笼盖四野。"穹庐,北方游牧民族居住的圆顶帐篷,也就是俗称的蒙古包。这是说,广袤的原野山川啊,是多么的辽阔,高高的云天就好似笼罩在平川四野之上的穹庐顶幕!

最后三句:"天苍苍,野茫茫,风吹草低见牛羊。"蔚蓝的天空一望无际,碧绿的原野茫茫不尽。一阵阵远风吹过,牧草低伏,草丛里到处都是成群结队的牛和羊。

整首诗,气势雄壮粗犷,风格豪放铿锵,格调悠远辽阔,展示出茫茫大草原无穷无尽的宏伟生命力、创造力,是草原民族的史诗歌唱,更是北方大地的生命赞歌。

亮相于惊心动魄的时刻

这样一首雄迈高远的北方民歌，它的第一次公开登场，就是一个惊心动魄、震撼人心的时刻。南北朝时期，北魏结束了五胡十六国乱局，统一了北方。后来北魏分裂为东魏、西魏。以黄河为界，东魏以邺（今属河北临漳一带）、晋阳（今属山西太原）为中心，占据今河南、河北大部地区。西魏以长安（今属陕西西安）为中心，占据今陕西、甘肃大部地区。东、西魏分别由权臣高欢、宇文泰执掌朝政。东魏孝静帝武定四年（546），高欢率领十万大军进攻西魏，西魏重镇玉壁城（今属山西稷山）首当其冲。东魏大军想尽各种办法意图攻陷玉壁城。西魏守将韦孝宽足智多谋，一一破解东魏军的攻城之法。高欢派人劝降韦孝宽说："你孤城据守，四方无援，不如早早投降算了。"韦孝宽回答："我军兵精粮足，城池坚固，你们恐怕有来无回。我是绝对不会投降的！"东魏大军苦攻玉壁城五十多天，攻不下来，十万大军，战死、病死的就有七万多。高欢悲愤忧虑，病倒在床。一天晚上，天上有大星坠落东魏军营，将士们非常惊惧。于是大军撤离玉壁城开始东返。在归途中，有谣言说韦孝宽用定功大弩射杀了高欢，西魏军也乘机散布说：高欢鼠辈，侵犯玉壁城，我军剑弩一发，他顷刻毙命！为了稳定军心，凝聚人心，高欢不得不抱病设宴，强打精神，遍召军中高级将领、勋贵，与大家见面。并命令大将斛律金当场高歌《敕勒歌》："敕勒川，阴山下。天似穹庐，笼盖四野。天苍苍，野茫茫，风吹草低见牛羊。"高欢一边听，一边高声应和斛律金的歌声，满怀悲壮，忧伤哀叹，泪流满面。（参见《北史》卷六、《北齐书》卷二、《资治通鉴》卷一五九）

演唱者斛律金

你看，《敕勒歌》在历史上的第一次公开亮相，原来与东、西魏这场悲壮酷烈的玉壁之战有关，与东魏的掌门人高欢有关，也与高欢帐下的大将斛律金有关。

《敕勒歌》的歌词旷远悠长，描绘的景象豪迈壮阔，但是在玉壁之战的背景下诵读这首诗，就有了完全不同的感受与理解——敌军久攻不下，将士伤亡惨重，自己重病缠身，朝廷政局不稳，军心人心浮动，在这样的情形下，高欢扶病出见众将领，命他最欣赏、最信任的大将斛律金当众歌唱《敕勒歌》，其用意是不言而喻的，那就是：高欢没有倒下，大军没有倒下，朝廷也没有倒下，让大家再次唱响敕勒部族的草原之歌，在穹庐一般的高天、大海一样的草原的护佑下，筑牢共同的家园，稳固共同的战线，重振彼此的信心，再现王朝的辉煌。

我们可以想象，斛律金高歌《敕勒歌》的时刻，现场的氛围肯定是既壮烈又忧伤，既悲愤又高亢，既豪迈又深情。玉壁之战，高欢无疑是失败了，但是从他命斛律金高歌《敕勒歌》的那一刻起，关于胜负、输赢、成败的内涵，又将在一路征战的路途中，获得重新的定义。

说到演唱者斛律金，并不是乐工乐伎之人，更不是什么职业的歌者。他是高欢的左膀右臂、心腹大将。斛律金为人强壮勇武，个性敦厚直率。他精于弓马骑射，武艺高强，行军打仗善用匈奴战法。遥望飞扬的尘土，他便能说出有多少马兵、步军，嗅一嗅（军队路过的）土壤味道，便可知道大军距离的远近。斛律金始终追随高欢征战四方，忠诚笃厚，深得高欢及其后（北齐）五代君主的信任，甚至结为姻亲。斛律金的子孙或为王侯将相，或为皇后、太子妃，尊宠之盛，无出其右。但斛律金很有政治头脑，常常对家人说，我虽然不读书、不识字，但也懂得建功立业方可置身富贵，自古外戚都没有好下场啊！（《北齐书·斛律金传》）

可见，在战局不利、军心不稳、人心不齐的危急时刻，高欢特命斛律金这位能征善战，在军队和朝廷有着很高威望的大将，在众将齐集、权贵满朝的现场高歌《敕勒歌》，的确是意味深长。而《敕勒歌》所歌唱的草原风情、民族深情对于当时刚刚败走玉壁城的东魏将士，斛律金对于高欢、东魏乃至之后的北齐王朝的重要性也就不言而喻了。

第 7 课
北朝民歌《敕勒歌》：北方大地的生命赞歌

敕勒川 阴山下
天似穹庐 笼盖四野
天苍苍 野茫茫
风吹草低见牛羊

敕勒歌 壬寅 康震

作者是谁？

那么，这首《敕勒歌》的作者究竟是谁呢？它最初到底是用什么语言写成的呢？这是一个非常复杂的问题，学术界一直都在进行研究探讨。简单来说，在北朝时期，汉族、鲜卑族、敕勒族等众多民族及其文化，都在这块土地上彼此交融，相互融汇。许多乐府民歌都是在民间或集体中创作而成并广为传唱的，很难确定其具体作者。比如这首《敕勒歌》，其创作者、传唱区域肯定是以鲜卑族、敕勒族为主的群体、区域，但又绝不仅仅局限于此。据《乐府广题》说，《敕勒歌》本是鲜卑语，后来翻译成汉语，所以句式长短不齐。（宋·郭茂倩编《乐府诗集》卷八六《杂歌谣辞四》）可见，这首短小精练的北方民歌，不仅为我们展示了北方大草原天高云淡、水草丰茂、牛羊成群的壮丽风光，呈现了南北朝民族冲突、交融时期惊心动魄的一幕，更为我们展现了中华民族大融合、大发展进程中丰富生动的历史过程，这也许就是这首诗深刻的内涵所在吧。

第 8 课

陈子昂《登幽州台歌》：那一种天长地久的孤独

登幽州台歌
[唐]陈子昂

前不见古人，后不见来者。
念天地之悠悠，独怆然而涕下！

· 选自《陈子昂集》（中华书局1960年版）。
· 怆然：悲伤凄恻的样子。
· 涕：古时指眼泪。

陈子昂（659？—702？）

字伯玉，梓州射洪（今属四川）人。初唐著名诗人，初唐诗歌革新的先驱。他主张复兴"汉魏风骨"，革除齐梁柔靡诗风。他的诗作指斥时弊，沉郁质朴，对后世影响很大。新旧《唐书》有传，有《陈伯玉文集》行世。

青春寄语　　写这首诗时，陈子昂还不到四十岁，依然年轻，胸怀大志却无路可走，在一种异常悲愤的情绪中，他体会到一种天长地久的孤独。其实，人生的路很长，眼光要放长远。悲怆中不失渴望，郁愤中不失理想，才能走出孤独。

胸怀大志却无路可走

这首诗非常短，但是冲击力非常强，给我们展现了诗人俯仰天地之间，喊出内心不平的孤独、悲壮景象，其中所承载的内涵和情感是非常沉重的。

陈子昂写这首诗的时候，正是武周王朝万岁通天二年（697）。在前一年，北部的契丹李尽忠、孙万荣等攻陷了营州（今属辽宁朝阳）。情况危急，武则天委派自己的侄子武攸宜担任大将军，率军征讨契丹。陈子昂在武攸宜幕府中担任参谋，随军出征。据史书记载，武攸宜为人轻率，毫无谋略，所以很快就吃了败仗。陈子昂立刻向武攸宜提出建议，武攸宜不听；陈子昂于是请求自带一万精兵去前线作战，武攸宜还是不听；这之后，陈子昂反复进言，武攸宜不但不听，反而将其降职。也许在武攸宜看来，陈子昂不过是一介文人，岂可轻言兵事？但陈子昂并不这样认为，他的建议接连被拒，眼看报国宏愿成为泡影，他无比郁愤，只好独登幽州台，慷慨悲吟，唱出心中的愤懑！

幽州台应在今河北或北京境内，除了《登幽州台歌》，陈子昂这一时期还写了《蓟丘览古赠卢居士藏用七首》等诗篇。在这些诗中，他赞颂燕国的明君与群贤，表达自己怀才不遇、失意苦闷的情怀。《登幽州台歌》没有交代登台背景，也没有写远望之景，只有横空而出的感慨，第一句就是："前不见古人，后不见来

者。"向前看是空,向后看仍是空;向历史深处看,过去的已经过去了,未来却不可触及,空间和时间里都只有"我"孑然一身。实际上就是说,从古到今都没有我这么不得志的人,这样的感慨是贯通古今的。我们看到在苍茫的北方原野,在广阔无垠的背景中,那样一种胸怀大志却无路可走的孤独和悲伤。

《楚辞》中有《远游篇》说:"惟天地之无穷兮,哀人生之长勤。往者余弗及兮,来者吾不闻。"天地是无穷的,人生是有限的,生命太短暂了,向前追,我追不上,后来的,我也听不见,只有此生是如此短暂。也许,陈子昂这首《登幽州台歌》受到了《楚辞》的启发。

这幽燕之地,历史上的确发生过很多可歌可泣的故事。当初,燕昭王希望振兴燕国，想要招揽贤士。他的谋士郭隗就给他讲了一个故事：古代有君王想以千金求千里马，三年不能得，有人说我可以为君王得到。这人拿了五百金，买了一匹死马，献给君王。君王大怒，我要的是活马，你怎么拿五百金买了匹死马？这人说君王愿用五百金购死马，天下人认为大王是真心要买千里马，不久活马就会来到。果然，没过一年，千里马就来了三匹。郭隗对昭王讲，如果大王真想招揽贤士，就请先从我开始，您用对待贤者的态度来礼遇我，那么比我才华更高的人还愁不来吗？（《战国策》卷三四）于是燕昭王筑黄金台，待郭隗以帝王师之礼。没过多久，魏国乐毅来了，齐国邹衍来了，赵国剧辛来了，大家争相前来为燕国效命，燕国因此强大起来。（《史记》卷三四）站在幽州台，也就是古黄金台的遗址，诗人当然会思接千载，心游万仞，发出了"念天地之悠悠，独怆然而涕下"的感慨。

才华卓著，特立独行

这首诗的个性气质，与陈子昂的个性、才华也有很大的关系。陈子昂是四川射洪人，家财巨富，少年任侠，后来发奋读书，长于诗文，有《感遇诗》三十八首，时人惊叹说："此子必为天下文宗。"（《旧唐书》卷一九〇）陈子昂不仅才华卓著，而且特立独行，常有惊人之举。据说他当初在京城住了十年，默默无闻。集市上有人卖胡琴，价值百万，但有钱人都不识货。陈子昂花大价钱一把买下，大家都很震惊，问所要何用？陈子昂说我擅长演奏胡琴。大家说既然这样，不如给我们展示一下？陈子昂说没问题，于是邀请京城中"重誉之士"百余人第二天来到他的住处，酒醉饭饱之后，陈子昂捧起胡琴说，我是四川人，有文章百轴，但奔走京城数年，不为人知。这把胡琴，价高百万，算什么东西？我岂能看得起它？说完将胡琴丢在一边。然后将堆放在文案上的自己的文稿，赠给前来赴宴之人。一天之内，陈子昂的名声立刻传遍京城。（《太平广记》卷一七九引《独异志》）此事真伪莫衷一是，但很能说明陈子昂独特的性格。

其实，在初唐，像陈子昂这样家财万贯、门第不高的士人，纵然才华卓异，要想置身显宦，实属不易。所以陈子昂应该非常重视这次随军出征，渴望能够建功立业。孰料主帅始终不肯让他带兵出战，白白错过了这么好的机遇。在极度的愤懑与孤独中，他写下了这首著名的《登幽州台歌》。

一代人的心声

王勃有一首名诗《送杜少府之任蜀州》："城阙辅三秦，风烟望五津。与君离别意，同是宦游人。海内存知己，天涯若比邻。无为在歧路，儿女共沾巾。"少府是个很小的官，这位杜仁兄还要从长安出发，远涉千里去成都做这个小官，可见当时得官不易。诗说："与君离别意，同是宦游人。"今天在这里与您分别，为了得到一官半职，我们都不得不奔波在仕途上。王勃、陈子昂这样的人，就是宦游人，他们代表着初唐士人的大多数，素有大志却难以施展，正因为这样，我们才是海内知己，天涯虽远也心意相通啊。"无为在歧路，儿女共沾巾"，也让我们想到李白的《行路难》（三首其一）："行路难，行路难。多歧路，今安在？长风破浪会有时，直挂云帆济沧海。"面对仕途的歧路，就连诗仙也不由得发出"行路难"的感慨。

宋代文学家欧阳修曾提出"诗穷而后工"理论，用在《登幽州台歌》上很是契合。感发人心的好诗，往往要从诗人的内心流出，特别是那些不得志的诗人，心中有块垒，积郁既久，出自真情，发愤为诗，自然撼人心魄！陈子昂的这首诗看似写个人遭遇，其实抒发的是当时一代人的心声。每个时代都会有人怀才不遇，这首《登幽州台歌》，一方面抒发了怀才不遇的悲怆心境，一方面也展现了初唐文人的壮烈情怀，悲怆中有渴望，郁愤中仍不失理想。

第 9 课

孟浩然《春晓》:有一种幸福叫春晓

春　晓
[唐]孟浩然

春眠不觉晓,处处闻啼鸟。
夜来风雨声,花落知多少。

选自《孟浩然诗集校注》卷第四(中华书局2018年版)。

孟浩然(689—740)
　　名浩,字浩然,以字行,号孟山人,襄州襄阳(今属湖北襄阳)人。盛唐著名诗人,与张九龄、王维、李白等人友善。他工于五言,诗作清旷高妙,是盛唐山水田园诗的代表人物,与王维并称"王孟"。新旧《唐书》有传,有《孟浩然集》行世。

| 青春寄语 | 春睡太甜美了，睡长长的一大觉，睡到鸟儿歌唱，花儿绽放，绽放又飘落，才醒来，这该有多么幸福！将幸福写成诗，念给朋友听，寄给朋友看，就是双倍的幸福。|

天然、天真、天籁

这是一首非常简单的诗，也是一首非常奇妙的诗。

"春眠不觉晓，处处闻啼鸟。"春天里，诗人一觉睡到大天亮。为什么会醒来？不是被人唤醒，而是被春日的晨光唤醒，被欢快的鸟鸣声唤醒。换句话说，诗人的春天有两个关键词：一是春眠，一是春晓。在春夜里沉沉睡去，在春晓里慢慢醒来。可见诗人的生活是多么惬意，诗人的心情是多么舒缓，诗人的感觉是多么美好，看来作者的隐居时光真不错，比起陶渊明动不动"饥来驱我去，不知竟何之"（《乞食》)的日子可舒服多啦！

诗题《春晓》中的"晓"是个名词，意思是春天的早晨，而诗句"春眠不觉晓"中的"晓"则是个动词，是天亮的意思。这个春天注定是美好的，一觉睡去，不知不觉间天就亮了，一觉醒来，耳边处处鸟语，鼻中阵阵花香。孟浩然哪里是在写隐居的生活，分明是在写天堂般的美好生活，可是，这不正是他想要告诉我们的吗？隐居的生活、隐士的生活就是这么美好，这么自由，这么自在！

请看三、四句："夜来风雨声，花落知多少。"表面似乎是说诗人醒来后，推开窗子一看，大吃一惊，窗外纷纷扬扬落了一地花瓣。其实这两句的意思是：昨夜一场风雨过后，想必花落了不少吧？看来，作者真的是无比珍惜、眷恋这个美好的春天，唯恐春天悄悄溜走。只不过这点儿珍惜显得特别富有童趣，也特别浪漫。

四百多年后，李清照也有着同样浪漫的担心与答案："昨夜雨疏风骤，浓睡不消残酒。试问卷帘人，却道海棠依旧。知否，知否，应是绿肥红瘦。"（《如梦令》）昨夜一场风雨，不知道海棠花还是否盛开如初？想必红花早已凋落，仅剩绿叶了吧？

孟浩然不仅写春光，更擅长写田园："故人具鸡黍，邀我至田家。绿树村边合，青山郭外斜。开轩面场圃，把酒话桑麻。待到重阳日，还来就菊花。"（《过故人庄》）乡村的风光真是太好了！有绿树，有青山，有桑麻，有场圃，老友邀我到他家做客，一边喝酒一边拉家常，等到重阳节我还要再来！

这就是孟浩然的风格，人的风格，诗的风格。

孟浩然的率性耿直

当时，有位高官叫韩朝宗，喜欢奖掖人才，名气很大。人们都说："生不用封万户侯，惟愿一识韩荆州。"（唐·李白《与韩荆州书》）李白也曾写自荐信给他，希望得到他的推荐。而韩朝宗推荐的人物，大多都得到朝廷重用。韩朝宗很欣赏孟浩然，要将他推荐给朝廷，于是两人约好时间。谁知孟浩然正好有好友来访，于是他便招待好友喝酒，喝得正高兴呢，有人提醒他：您与韩大人约好的时间快到啦！孟浩然却说："业已饮，遑恤他！"已经喝得这么高兴啦，哪儿有工夫管那么多？！结果他真的没有赴约。韩朝宗等啊等，等得花儿都谢了，也没有等来孟浩然，于是大怒，拂袖而去。最重要的是，孟浩然并不因为这件事情感到后悔。（《新唐书》卷二〇三）由此可见，他是多么率性的一个人。

孟浩然和王昌龄是很好的朋友。据说，王昌龄路过襄阳，去看望他，当时孟浩然背上的毒疮正在治疗中，按照常理，既不能喝酒也不能吃鱼虾，总之一切容易使毒疮复发的食物都不能吃。谁知，孟浩然看见好朋友来了，非常高兴，两个人不仅喝了很多酒，还吃了很多河鲜之类的食物。总之，吃得喝得很尽兴。结果，

第 9 课
孟浩然《春晓》：有一种幸福叫春晓

孟浩然背上毒疮发作，终于不治，去世了。（唐·王士源《孟浩然集序》）这件事是否完全属实，还需要考证，但由此也可看出孟浩然是一个非常重情义、讲义气的人！

　　孟浩然很耿直，不会转弯儿。据说他去拜访王维，正在办公室里聊着天儿，唐玄宗忽然来了，孟浩然躲避不及，只好藏到床底下。王维哪儿敢隐瞒，只能实情相报。谁知玄宗非常高兴，说：我早听说他是个大诗人，不曾见过，有什么好

43

怕的？干吗躲起来？出来吧！孟浩然出来了，玄宗问他最近写了什么好诗，孟浩然脱口而出："不才明主弃，多病故人疏。"（《岁暮归南山》）我没有才华，所以当今圣上嫌弃我；我自己多病，所以老朋友们都疏远了我。你瞧瞧，一听就知道是发牢骚的话，而且是当着玄宗的面发牢骚，这不是让皇上下不来台吗？玄宗听了很不高兴，说："卿不求仕，而朕未尝弃卿，奈何诬我？"意思是说，你自己不愿意出来做官，我又没有抛弃你，你怎么能这样诬蔑我呢？不如你继续去做隐士吧。（《新唐书》卷二〇三）

这则故事真伪难辨，但这首诗肯定写于孟浩然科举落第之后，他对自己无缘仕途极不满意。在给宰相张九龄的诗中，他写道："欲济无舟楫，端居耻圣明。坐观垂钓者，徒有羡鱼情。"（《望洞庭湖赠张丞相》）想要渡河却没船和桨，身处盛世没事儿干，羞愧！看到人家在钓鱼，钓上那么多大鱼，自己真是羡慕嫉妒恨！可见，孟浩然有着很强烈的入世之心，只是没有找到入世之路。可是面对玄宗的时候（我们姑且认为孟浩然撞见唐玄宗是一个真实的事件），却又不免牢骚太盛，太过耿直啦！

总之，孟浩然是个非常典型的盛唐诗人，一方面，想要入世为官，治国平天下；一方面，又不愿意遮蔽、束缚自己的个性，希望保持独立自由的个性。这样的诗人、文人，在唐代比比皆是，他的好朋友李白、王昌龄都是这样的人。《春晓》这首诗很能代表孟浩然的个性——随性、自在、天然、纯粹。可以想象，这个春天，对孟浩然来讲是多么自由、多么洒脱！若非极度率性之人，绝对写不出这样天然、天真、天籁的诗篇，正像闻一多说的："淡到看不见诗了，才是真正孟浩然的诗。"（《唐诗杂论》）

第 10 课

孟浩然《宿建德江》：有情绪的风景

宿建德江

［唐］孟浩然

移舟泊烟渚，日暮客愁新。
野旷天低树，江清月近人。

·选自《孟浩然诗集校注》卷第四（中华书局2018年版）。

> **青春寄语**　　我们徜徉于山川湖泊中，在自然鲜活的景物中寄托情怀、情感。诗人孟浩然独坐舟中，欣赏着秋江暮色，远处的天空比树还要低，江水清澈，月亮仿佛近在咫尺。一生所见的风景，正因为情感的投注，成为记忆中最独特的存在。

建德江在哪儿？

"宿建德江"，意思就是：住在建德江江畔。建德江在哪儿？就在今浙江省建德市。浙江省内有一条江叫浙江，浙江的上游是新安江，新安江由西向东汇入富春江，富春江再向东汇入钱塘江，钱塘江最终流入东海。新安江流经建德这个地方时，这一段江水被称为建德江。

科考落第，漫游吴越

第一句"移舟泊烟渚"，"移舟"，划动小船；"泊"，停船靠岸；"烟渚"，指江中雾气笼罩的小洲、小岛，比如《三国演义》第一回卷首词说"白发渔樵江渚上，惯看秋月春风"，"渚"就指江中小岛。所以这句诗的意思就是划动小船到江中的小岛旁停靠。

为什么诗人会把船停靠在建德江中的小岛边呢？这要从孟浩然的经历说起。孟浩然热爱自然，特别率性，很有个性，他的山水田园诗写得非常好，喜欢过隐士的生活，但也喜欢功名利禄，也要去参加科举考试。唐代诗人就是这样，一方面想要置身显贵，治国平天下；一方面又不愿放弃自由自在的生活。

唐玄宗开元十六年（728）年底，年近四十岁的孟浩然奔赴长安参加科举考试。在那里他结识了著名诗人王维。王维年龄虽然比孟浩然小，但在政坛、诗坛出道都比较早，当时已经很有名望了。两位诗人一见如故，从此结下了深厚友谊。可惜孟浩然没有考中进士，他在长安住了一段时间后，开始了漫游吴越的生活。

盛唐时代，无论是李白、王维、孟浩然，还是高适、岑参，他们在年轻的时候都有过一段漫游经历。这一方面是为了游览名山大川，遍交天下名士；一方面也是想将自己的诗文介绍给四方名士，让自己的名声远播九州。孟浩然在江苏镇江和浙江杭州、绍兴等地漫游。开元十八年（730）前后，他来到浙江新安江一带，写下了这首诗。

第二句"日暮客愁新"，到了傍晚时分，诗人陷入了忧愁。孟浩然是湖北襄阳人，住在建德江畔，当然就是客人。正如王维诗《九月九日忆山东兄弟》说的，"独在异乡为异客"。既为客，当然就会思念家乡、亲人，同时，没有考中进士的失落和漂泊漫游的茫然，也一起深化了"愁"的内容。其实，一路走来，孟浩然一直都处在思念、失落、茫然、忧伤的情绪中，只是到了傍晚时分，江边薄雾缭绕，使得忧伤更加浓郁了，所以说"客愁新"。李清照在《凤凰台上忆吹箫》里说："念武陵人远，烟锁秦楼。惟有楼前流水，应念我、终日凝眸。凝眸处，从今又添，一段新愁。""新愁"的意思就是愁上加愁，这愁一层一层地叠加起来，变得更加厚重了。

这样的日暮时分，渴望回归家园的淡淡忧伤与新愁，不独孟浩然有，其他诗人也有。比如陶渊明说："羁鸟恋旧林，池鱼思故渊。"（《归园田居》五首其一）笼中鸟、池中鱼最想念的还是属于自己的那片森林、那潭碧水。初唐诗人王绩说："树树皆秋色，山山唯落晖。牧人驱犊返，猎马带禽归。"（《野望》）秋天傍晚的时候，牧民赶着牛羊，猎人带着鹰犬，都回家啦！但此时此刻孟浩然却无法回家，他一方面如此地思念家乡和亲人，一方面又不得不继续在外漫游，寻找可能的机遇。

第三、四句说："野旷天低树，江清月近人。"写得实在太好了。如果说前两句只是一般性陈述，一般诗人都能写出来，后两句就只属于孟浩然了。"野旷天低树"，是诗人在船里看到的景象，也是诗人独特的视觉、心理感受。远远望去，江天浩渺，天际线非常旷远，以至于视觉上产生了错觉，好像近处的树木比天宇还要高大。其实，无论是人、小舟还是树木，都是在天宇的怀抱之中。"江清月近人"，建德江是如此清澈，特别是在这朗月高照的夜晚，作者坐在船中想念家乡，俯身看时，一轮明月倒映水中，如在手边，真所谓左手明月，右手江水，这真是奇妙的感受。苏东坡说："但愿人长久，千里共婵娟。"（《水调歌头》）孟浩然此刻则是"掬水月在手"（唐·于良史《春山夜月》），心中牵系的也还是千里之外的家乡和亲人吧！

纯真、天然、旷远

所以，这首诗的核心还是思念家乡，也有科场失意的忧伤。作者在京城科举落第，在江浙一带漫游，看到了这样的天、这样的烟、这样的小洲、这样的日暮、这样的清江水和江水里的明月，写下这份淡淡的忧伤。不错，孟浩然是个旷达率性的人，但是再旷达、再率性的人也有家乡，也有亲人，也有牵挂呀！

孟浩然不曾做过什么官，也没有什么轰轰烈烈的业绩，但他淡泊自在的人生态度，率真自然的人生个性，深得唐代大诗人的仰慕。李白的表达就非常直接："吾爱孟夫子，风流天下闻。"（《赠孟浩然》）—— 我爱孟夫子，他那风流倜傥的风度天下闻名。王维的怀念特别惆怅："故人不可见，汉水日东流。借问襄阳老，江山空蔡州。"（《哭孟浩然》）—— 再也见不到老朋友孟夫子喽，只看见这襄阳的汉江水日日向东流。杜甫的敬仰也很实在："吾怜孟浩然，裋褐即长夜。赋诗何必多，往往凌鲍谢。"（《遣兴》五首其五）—— 孟浩然一生布衣，只是个普通老百姓，诗写得并不多，但诗歌成就却比鲍照和谢灵运高得多。就连中唐的白居易，在游襄阳的时候也禁不住怀念孟浩然："秀气结成象，孟氏之文章。今我讽遗文，思人至其乡。"（《游襄阳怀孟浩然》）—— 襄阳的山水风物，渗透进孟浩

第10课
孟浩然《宿建德江》：有情绪的风景

野旷天低树
江清月近人
　唐人孟浩然诗句
　癸卯孟春康震

然的诗文，气象具足，来到夫子的家乡，吟咏夫子的诗文，不由得更加感念他的才华。

  为什么这么多诗人喜欢孟浩然，仰慕孟浩然？因为在他的身上洋溢着盛唐气象，这气象不是高适、岑参那样的雄浑奇绝，不是李白那样的豪放奔腾，不是王昌龄那样的清俊超迈，而是以他的纯真、天然、旷远的真性情，表现出来的从容不迫的人生态度与境界。从这个意义上来讲，孟浩然对于盛唐文化的意义丝毫不逊于王维和李白。

第 11 课

王昌龄《出塞》：在烽烟里守望和平

出 塞
[唐]王昌龄

秦时明月汉时关，万里长征人未还。
但使龙城飞将在，不教胡马度阴山。

· 选自《王昌龄集编年校注》卷一（巴蜀书社2000年版）。

王昌龄（694？—756？）

字少伯，京兆万年（今属陕西西安）人，盛唐著名诗人。曾任江宁丞，世称"诗家夫子王江宁"。殷璠编《河岳英灵集》，王昌龄入选诗居诸家之首。其诗作多边塞闺怨，清刚俊爽，尤长于七绝，后人誉为"七绝圣手"。新旧《唐书》有传，《全唐诗》存诗四卷。

青春寄语	年轻的士兵，远离家乡、父母，来到苍凉辽阔的边关，举目四望，寂静无人，唯有明月高悬夜空。李广，是每个战士心中的传奇，也是他们的梦想。有了英雄梦、家国梦，才能用孤独和勇毅守望和平。

"七绝圣手"王昌龄

王昌龄是京兆万年人。他为人个性豪放，不拘小节，遭人议论诽谤，先后两次遭遇贬谪。后来在安史之乱中，不幸被权贵所杀，去世的时候大约六十岁。在盛唐时代，他的诗名可与孟浩然、李白、王之涣等人比肩，人称"七绝圣手"、"诗家夫子"（一说是"诗家天子"）。古人说"国家不幸诗家幸"（清·赵翼《题遗山诗》），意思是说不幸的经历更能造就杰出的诗人和作品。王昌龄的一生平凡而不幸，但他的作品却很不平凡，他的诗歌清刚俊爽，大多是流传千古的名篇佳作。这首《出塞》就是佳作中的佳作。

《出塞》是汉乐府旧题。"出塞""入塞"之说，源于汉文帝时与匈奴的约定："匈奴无入塞，汉无出塞，犯今约者杀之"（《史记·匈奴列传》），匈奴人不入塞，汉朝人不出塞，违反约定者杀。后来，"出塞""入塞"这两个词就渐渐演变为乐府题名。"出塞"主题主要是感慨远征将士之苦，称赞其沙场报国之志。王昌龄有《出塞》二首、《塞上曲》一首、《塞下曲》四首、《从军行》十首，是盛唐数一数二的边塞诗人。

"唐人绝句压卷"之作

这首《出塞》的第一句"秦时明月汉时关"，写时间，从唐代回溯秦汉时代，横跨汉唐,气象非凡,当得起"唐人绝句压卷"之作的美誉。(明·王世贞《艺苑卮言》)寥寥七个字勾勒出一幅雄壮苍凉的边关冷月图。明月、关隘是边塞诗作的常见意象,汉乐府有《关山月》一题,《乐府解题》说:"《关山月》,伤离别也。"(宋·郭茂倩编《乐府诗集》)王褒《关山月》说:"关山夜月明,秋色照孤城";卢思道《从军行》说:"关山万里不可越,谁能坐对芳菲月。"这样的例子还有很多。

王昌龄这一句的高妙之处在于,为明月、关隘赋予了鲜明的历史感、时代感,从秦汉时代开始,月影下的关隘就在边塞坚强地矗立着,边塞上空的明月就始终在照耀着广袤的土地,见证着边塞将士的沙场征战、悲欢离合,见证着汉唐千年的战争与和平。

第二句"万里长征人未还",这是写空间,从故乡到边疆,万里路途,难有归期,征人戍边,实在是苍凉悲怆!隋代卢思道《从军行》说"塞外征人殊未还",王昌龄的这一句青出于蓝而胜于蓝,表达更为直接、直切。诗人将笔锋转向边关最基层、最弱势的征人群体,同情他们万里长征的苦难、难以还乡的遭遇。从这个角度而言,诗歌的价值取向并非歌颂军功,而是反对战争,同情百姓,向往和平的,这也是盛唐边塞诗人普遍的价值取向。

"飞将"是谁?

第三、四句"但使龙城飞将在,不教胡马度阴山",这是写人物和事件,通过一个假设句式,表达了对英雄人物的渴望和克敌制胜的强烈自信。这两句应该是借鉴了初唐崔湜的《大漠行》:"但使将军能百战,不须天子筑长城。"假设的重点在"龙城飞将"。有"龙城飞将"在,万里长征之人就有望早日回家,有"龙城飞将"在,匈奴的战马也好,牧马也罢,是难以南下度过阴山防线的。读到这里,不禁要问一句,"飞将"是谁?"龙城"在哪儿?"阴山"又在哪儿?这三者是什么关系?

关于"飞将",在汉代史籍中有明确记载,特指一代名将李广。汉武帝时期,匈奴侵犯辽西。李广临危受命，出任右北平郡太守，匈奴畏惧他，称他为"飞将军"，不敢入侵辽西。(《史记·李将军列传》)"飞将军"魅力巨大，一是胆略过人，武功高强。一次，李广率百名骑兵忽然与匈奴数千大军遭遇，李广以攻为守，命百名骑兵逼近敌军，然后下马休息。匈奴大军认为李广必然有诈，不敢贸然发动攻击。其间，一匈奴将军纵马出阵维护军队秩序，李广立即率骑兵跃马上前，张弓射杀匈奴将军，然后返回阵地，依然解鞍下马。天黑后，匈奴怀疑李广有埋伏，于是全部撤退。就这样，李广凭借超人的勇略得以脱离险境。二是爱兵如子，与士兵同甘同苦。李广带兵，如果缺粮断水，找到水和食物，必须等士兵全部吃喝结束后他才开始吃。他对士兵宽厚仁爱，从不苛刻，士兵敬服他的本领与为人，都愿意为他冲锋陷阵。(《史记·李将军列传》)所以唐代诗人都非常敬仰、喜欢李广，认为他是真正的制胜英雄："君不见沙场征战苦，至今犹忆李将军。"(唐·高适《燕歌行》)"更催飞将追骄虏，莫遣沙场匹马还。"(唐·严武《军城早秋》)

"龙城""阴山"在哪儿？

关于"龙城"，一般认为是茏城，在今蒙古国鄂尔浑河西侧和硕柴达木湖附近，这是一个充满象征意义的地点。首先，每年匈奴各部族都会在这里举行大会，祭祀天地人神，处置部族重要事务。(《史记·匈奴列传》)其次，这里是汉朝对匈奴的首战制胜之地。公元前一二九年，汉武帝派四路大军出击匈奴，卫青出上谷、公孙敖出代郡、公孙贺出云中、李广出雁门。卫青英勇善战，直捣"龙城"，斩匈奴首级七百余人。(《史记·匈奴列传》)这是西汉王朝对匈奴战争的第一场胜利，极大地鼓舞了汉人的军心、民心。在这首诗里，诗人将飞将军李广的英雄形象与龙城大捷的历史功勋完美地结合在一起，表达了杀敌制胜、戍守边关的信心与决心。

关于"阴山"，则是汉唐以来中原政权抗击北方游牧民族最重要的防线之一，尤其对于防护汉唐以来都城长安意义重大。(明·魏焕《九边考》)从某种意义上来说,守得住阴山防线,才称得起千古名将;名将李广和雄关阴山就这样巧妙地在诗歌中互相成就,共同将诗歌的气势推高,将诗歌的意蕴拓远,共同展示出盛唐人无往不胜的蓬勃朝气和无所畏惧的必胜信念,这就是盛唐气象。

　　王昌龄这首诗很短,只有二十八个字,却描述出一幅气势雄浑、格调高昂的边塞图景。其中有厚重的历史,有辽阔的时空,有家国之志,有思乡之情,有对征人的同情,有对良将的期待,有怀才不遇的慨叹,有为国捐躯的坚毅,有对战争的反思,也有胜利的信念。全诗没有一个生僻字,没有一个生僻典故,用最简单的语言几乎囊括了边塞诗的所有情感与内涵,这就是王昌龄这首诗流传久远、广受赞誉的重要原因。

第 12 课

高适《别董大》(其一): 失意,不失自信

别董大(其一)
[唐]高适

千里黄云白日曛,北风吹雁雪纷纷。

莫愁前路无知己,天下谁人不识君!

· 选自《高适集校注》(上海古籍出版社2014年版)。
· 千里:一作"十里"。

高适(700?—765)

字达夫,渤海修县(今属河北景县)人。盛唐著名诗人。曾任散骑常侍,世称高常侍。他是盛唐边塞诗派代表人物,与岑参并称"高岑"。其诗气韵沉雄,骨力刚健。新旧《唐书》有传,有《高常侍集》行世。

第12课
高适《别董大》（其一）：失意，不失自信

青春寄语　　冬日暗淡，白雪纷纷，真是失意之人的失意天气！但诗的结尾忽然振起自信，诗的格调也由阴转晴。说到底，在盛唐，就算失意，也比末世里的豪气豪迈三分，更有一种遮不住的、特有的青春自信扑面而来！

董大，何许人也？

高适的《别董大》有两首，这是第一首。第二首也很有特点："六翮飘飖私自怜，一离京洛十余年。丈夫贫贱应未足，今日相逢无酒钱。"我们先来看诗题中的董大，是何许人也？董大，是按照排行来称呼他的，这个排行不是亲兄弟排行，而是同族兄弟排行。这是唐人的习俗，喜欢以排行来称呼对方，比如称呼李白为"李十二"，因为李白在他家族同辈当中排行十二；比如称呼杜甫为"杜二"，因为杜甫在他的家族同辈里排行第二。因此，董大就是董老大的意思，在他的家族同辈里排行老大。那么董大到底是谁呢？据研究推测，有可能是唐玄宗时著名的琴师董庭兰，擅长演奏胡笳。

董庭兰跟唐代很多诗人、官员都有交往。当时有位诗人叫李颀，他写了一首诗《听董大弹胡笳声兼寄语弄房给事》，题目很长，其实翻成白话文很简单：我听了董大弹奏胡笳，很有感受，为此专门写了一首诗，并寄给了给事中（唐代官职名）房琯。

晚唐有一位诗人叫崔珏，他写了一首诗《席间咏琴客》："七条弦上五音寒，此艺知音自古难。唯有河南房次律，始终怜得董庭兰。"席间听琴客弹琴，自古知音难觅呀，也许只有当年的河南房琯（字次律），才能真正懂得董庭兰的音乐吧。从这些资料能够看出来，董大可能就是董庭兰，他特别擅长弹琴，与诗人李顾、高适等都有交往,而房琯与他的关系更是非常密切。房琯是何许人呢? 房琯,河南偃师人,在唐玄宗、肃宗朝都做过宰相,精通音律,喜听琴,董庭兰因琴技高超而深得房琯欣赏,可能是房琯门下的一名乐师。

唐代盛行歌舞音乐,很多乐师都与朝廷官员有着密切的关系。比如杜甫有一首诗《江南逢李龟年》说:"岐王宅里寻常见,崔九堂前几度闻。正是江南好风景,落花时节又逢君。"这首诗很短,但里面全是大人物:李龟年是当时著名的音乐家,岐王李范是唐玄宗的兄弟,崔涤是当时的重臣,杜甫曾在岐王李范、崔涤家中听过李龟年演唱歌曲。再比如王维,也是当时著名的音乐家,他与岐王李范、玉真公主也有很深入的交往。由此可见,高适当初在长安漫游的时候,可能就与董大相识。

这首《别董大》写于唐玄宗天宝六载(747),当时的高适仕途不达,在梁宋(今属河南)一带漫游。这一时期,房琯在朝廷担任给事中,为门下省官员,具体负责审议封驳诏敕奏章,是非常重要的职务。

就在这一年前后,唐玄宗想改温泉宫为华清宫,并要在华清宫周围建造百官官署,他命令房琯主持这项工作,不料尚未完工房琯就因受到党争事件牵连,被贬谪到地方做官,暂时离开了长安。(《新唐书·房琯传》)也许,就是在这个时期,包括董庭兰在内的房氏门客也受到牵连,不得不离开长安。在这样一个特殊的时刻,高适与董庭兰在梁宋相遇,怎能不感慨万千?

同情未尝不是写给自己

诗云"千里黄云白日曛",所谓"黄云"指的是乌云,在阳光的照耀下,它发出了暗黄的光芒,黄昏时分的乌云就常常呈现出这样的颜色。"曛"就是夕阳西下时昏暗的阳光。所以这一句说的是,千里滚滚的黄云和夕阳都显得特别黯淡。

第二句说"北风吹雁雪纷纷",一阵北风吹来,大雪纷纷。"吹雁"是什么呢? 北风呼啸,雪又下得这么大,怎么会有大雁的影子呢? 实际上这里是借"吹雁"

第 12 课
高适《别董大》（其一）：失意，不失自信

莫愁前路无知己，天下谁人不识君。
庚寅高适诗句 癸卯王康宸

来渲染凄冷寒怆的惨别氛围。即将分别的友人就像漫天风雪里的大雁一样孤独凄凉。

诗的头两句写董大即将离别的凄惨景象，写出了诗人对他的同情，这份同情未尝不是写给同样落魄的自己的。为什么这样说呢？看下一句"莫愁前路无知己"，这句话真是大有深意。想必董大在长安官场结交甚广，声名显著，无人不知，只是官场无情，一朝翻覆，命运叵测。但是作者劝董大不要发愁，天下谁不知道你董老大的名字呢？那些权贵、那些高官，都听过你的琴声，听过你的胡笳，他们谁不是你的知己呢？"天下谁人不识君！"你现在只是遇到暂时的挫折而已，只要这些知己还在，只要你的老朋友们还在，总有一天你董老大会再回长安，重现辉煌的。

王维有一首《送元二使安西》："渭城朝雨浥轻尘，客舍青青柳色新。劝君更尽一杯酒，西出阳关无故人。"再饮下这最后一杯酒吧，出了阳关就没人认得你了。高适这首诗却说，你不要发愁，就是走出这离别的一步，天下谁人不知道你呢？因为这位元二去的可不是长安郊区，也不是洛阳、梁宋等地，而是茫茫大漠、阳关边塞啊，那个地方只能听见胡笳声声，哪里有故友亲朋？所以王维才说"劝君更尽一杯酒，西出阳关无故人"，一定要记得我们这些为你送行的老朋友，到了那儿要多想着我们，多给我们写信，因为那里没有我们这些故友亲朋啊。可董大的情况恰恰相反，天下人都已经认得他了，他只是遇到了暂时的挫折，所以高适用"天下谁人不识君"这样的话激励他。

房琯的命运

那么房琯后来命运如何呢？安史之乱爆发后，他一路追随唐玄宗，深受器重。后来受玄宗委派，去辅佐唐肃宗，在两个皇帝手下都做过宰相。可惜此人空有治理天下之志，却少有治理天下之才。肃宗委任他统帅军队，对抗安史叛军，但他用人失察，导致屡战屡败，败后却不自省，反而聚集门客大发牢骚，结果遭人进谗,渐渐失去了肃宗对他的信任。房琯因此称病不朝,终日与门客谈佛论道,听门客董庭兰弹琴。据史料记载,董庭兰此时或许也有弄权牟利行迹,结果被有司弹劾。房琯后来再次遭贬,想必门下清客也只能各自分飞。彼时乐工优伶之人,其命运也只能大体如此。

高适的经历

高适的经历也很不寻常。据史料记载,高适志向远大,胸襟开阔,极富才干。他好谈王霸大略,崇尚节义,"逢时多难,以安危为己任"(《旧唐书·高适传》)。他不仅仅是一位著名诗人,也是一位出色的政治家、军事家。安史之乱是高适人生的转折点,他曾辅佐哥舒翰防守潼关,后来追随玄宗到成都,深得玄宗器重。永王李璘事变中,他向肃宗进谏围剿策略,被任命为御史大夫、扬州大都督府长史、淮南节度使,负责剿灭永王李璘。后来蜀中发生叛乱,肃宗又任命高适为成都尹、剑南西川节度使。他后来官至刑部侍郎,转散骑常侍,并进封为渤海县侯。在盛唐诗人中,高适仕途最为显达。他在《别董大》(二首其一)中说"莫愁前路无知己,天下谁人不识君",用在自己身上也很恰当。

第13课

王维《山居秋暝》：诗意的世界，理想的境界

山居秋暝

〔唐〕王维

空山新雨后，天气晚来秋。
明月松间照，清泉石上流。
竹喧归浣女，莲动下渔舟。
随意春芳歇，王孙自可留。

· 选自《王维集校注》卷五（中华书局1997年版）。
· 春芳：春天的花草。
· 王孙：指贵族公子。

王维（701—761）

字摩诘，祖籍太原祁县（今属山西），后徙家于蒲州（今属山西永济）。盛唐著名诗人。官至尚书右丞，世称王右丞。他是盛唐山水田园诗派代表人物，与孟浩然并称"王孟"。他精于诗文、绘画、音乐，尚佛，诗作意境高远，画意具足，颇有禅趣。新旧《唐书》有传，有《王右丞文集》行世。

第13课
王维《山居秋暝》：诗意的世界，理想的境界

青春寄语　　王维笔下的山水田园，往往很不真实，似乎在故意混淆四季的景象。比如这首诗，明明写的是秋雨之后，但看这明快的山泉月、喧笑的浣纱女，仿佛又是夏夜，而结尾的两句，则为全诗无端平添了几许春意。诗中的画意，原来就是这样的穿越。

美得像一幅画

这首诗很美，美得像一幅画，真是"味摩诘之诗，诗中有画；观摩诘之画，画中有诗。"（宋·苏轼《书摩诘蓝田烟雨图》）你看头两句：空山新雨后，天气晚来秋。诗人想说的是：一场清新洒脱的秋雨，落在空灵静谧的山里，每一滴雨落下来，都落在了我的心里。所以，空山其实不空啊，满满的都是新雨，之所以要用这个"空"字，无非是为了展现山的空灵秀美，雨的温情摇曳。

王维喜欢用"空山"这个意象，比如"空山不见人，但闻人语响""曙月孤莺啭，空山五柳春"，其他还有"山路元无雨，空翠湿人衣"，等等。王维的笔端赋予了"空"以无限遐思的边际，它可以是空灵的山野、空寂的山路，也可以是空旷的幽谷、空明的湖光，但无论写的有多么空，其实最后都落实在了松间的月光、涧户的溪流上："明月松间照，清泉石上流。"有视觉，有听觉，有触觉，总之，虽然只是短短的两句诗，调动的却是全部的感官知觉，这些感官之间仿佛都是相通的，也就是所谓的通感：明月在松林间荡漾，好像旋律在音符间飘移，清泉流过山石，好似在弹拨琴弦，发出清泠的乐声。这音符、乐声是清幽的、清白的、清凉的，是令人感受无限惬意的。

五、六两句接着说："竹喧归浣女，莲动下渔舟。"如果说"明月松间照"看似

静景实则富有光影的动感,"清泉石上流"看似动感十足其实更像在渲染静谧的氛围,那么,"竹喧"两句则是真实的活跃与轻快! 这里的核心是浣纱女,虽然诗歌并没有具体描写她们的容貌与情态,但是在这样一个初秋的傍晚,在明月照拂下的竹林,原本温馨安逸的一刻完全被打破了,打破这一切的便是带给我们无限遐想的青春的少女般的欢快与美丽。浣纱女们在竹林间欢笑着走过,还有大片舒展摇曳的荷叶,还有顶着荷叶在水中滑过的渔舟。这些意象的组合产生了神奇的效果。浣纱女是轻盈的,莲叶是浪漫的,竹林是清朗的,渔舟是欢闹的,这一切怎么能不让人留恋——"随意春芳歇,王孙自可留。"山中太美了,秋晚太美了,明月太美了,浣纱女太美了,此间乐,不思归啊!

丹青手、音乐人、园林设计师

我一直在想,这么美的世界,真的存在么? 为什么这么美的世界,总是出现在王维的笔下? 例如:"绿竹含新粉,红莲落故衣。渡头烟火起,处处采菱归。"(《山居即事》)"清浅白石滩,绿蒲向堪把。家住水东西,浣纱明月下。"(《白石滩》)"竹径从初地,莲峰出化城。窗中三楚尽,林上九江平。"(《登辨觉寺》)

原来,王维本是丹青手:"宿世谬词客,前身应画师。不能舍余习,偶被世人知。"(《偶然作》六首其六)大家都说我是一位诗人,其实我的前世本是画师,不忍心丢掉这个积习,世人才偶然知道我的真实身份。据史料记载,王维的画神妙绝伦,笔迹所到之处,构思精密,近乎自然造化。至于山水平远,云峰石色,更不是一般的绘画所能企及。(《旧唐书·王维传》)

原来,王维本是出色的音乐人。有人曾看到一幅《奏乐图》,不知图上演奏的什么乐曲,王维看后说,这演奏的是《霓裳羽衣曲》第三叠第一拍。于是将乐工召集起来演奏《霓裳》曲,到第三叠第一拍,比对画上人物与乐工的指法,完全一致,大家不得不叹服王维精深的音乐造诣。(《旧唐书·王维传》)

原来,王维本是园林设计师。他在长安蓝田辋川得到宋之问别业旧居,遂加以精心营建，又设计改造竹里馆、辛夷坞、鹿柴等二十处形胜（王维《辋川集》），与好朋友裴迪常常泛舟往来，弹琴赋诗，将他们在辋川别业歌咏唱和的诗作汇集为《辋川集》，甚为时人所重。(《旧唐书·王维传》)

多重才能创造美的意境

当然，王维最为人所称赏的还是他的诗歌才华。开元天宝时期，王维诗名极盛，长安城中皇亲国戚、达官贵人叹服他的才华，对他礼敬有加，待他如同师友。王维去世后，唐代宗常对王维的弟弟王缙说：玄宗天宝年间，你的兄长诗名冠于天下，我曾与诸位王子在席间多次聆听他的乐章。如果你手头有兄长文集，可以进献来。王缙于是整理了四百余篇诗文，进献给代宗，得到皇上的褒奖赏赐。(《旧唐书·王维传》)

王维的诗为什么总是那么美，美得超凡脱俗，就像盛唐人殷璠说的那样："词秀调雅，意新理惬，在泉为珠，着壁成绘，一句一字，皆出常境。"(《河岳英灵集》卷上)一句话：高雅、灵秀、如画如珠，绝非寻常境界。我想，就是因为王维不仅仅是一位诗人，他拥有多方面的艺术才华，能够综合运用多种才能创造美的意境、境界，所以，在他笔下，一座空山、一场新雨、一片松林、一轮明月、一股清泉、一块白石、一叶渔舟、一方荷叶、一丛竹林、一群浣纱女，就可以成为一个美的世界、诗意的世界、理想的世界。

第14课

王维《送元二使安西》：比远路更远的友情

送元二使安西

〔唐〕王维

渭城朝雨浥轻尘，客舍青青柳色新。
劝君更尽一杯酒，西出阳关无故人。

· 选自《王维集校注》卷四（中华书局1997年版）。
· 浥：湿润。

青春寄语	朋友就要远行，两人应该是喝了一晚上的酒。早上起来，再喝一杯，边塞之地，从此难见故人！从夜里喝到天明，这份友情，看似平淡，足够绵长。

送别诗

这应该是古代最著名的送别诗之一。元二，即排行第二的元姓朋友；安西，指唐代的安西都护府，在今新疆维吾尔自治区库车县。诗题谓：送朋友元二出使安西都护府。

"渭城朝雨浥轻尘，客舍青青柳色新。"渭城今属陕西省咸阳市，位于长安西北，渭水北岸。在唐代，从长安出发，向遥远的西域而去，大多都在渭城饯别，所以"柳"就有谐音"留别"之意。这两句是说，清晨的小雨打湿了渭城轻轻的尘烟，旅舍前的杨柳青绿如新。按理说驿路客舍前本应是一派车水马龙、尘土飞扬的景象，但此刻，却因为一场小小的春雨让忙碌的旅舍忽然安静了下来，不仅空气变得清新，柳色也显出格外新绿，一座座客舍在杨柳的映衬下那么清爽明朗。开场这两句给渭城的送别奠定了一个轻松明快而非黯然销魂的情感基调。

"劝君更尽一杯酒，西出阳关无故人。"诗人直接说：你再干了这一杯酒吧，等出了阳关，可就再也见不到老朋友了！之所以说"更尽一杯酒"，那就是在暗示之前已经喝了不知多少杯，甚至可能在前一晚就开始喝了，一直喝到天大亮。酿满别情的酒喝了一杯又一杯，殷勤告别的话叮咛了一遍又一遍，终于到了不得不分别的时候，终于说出了"西出阳关无故人"这句肝肠寸断的送别之语。

注重场景刻画

古代的送别诗很注重场景刻画，场景不同，送别之情的重点也不同。"桃花潭水深千尺，不及汪伦送我情"（唐·李白《赠汪伦》），送别地点在潭边，表达的重点是情感的深度；"洛阳亲友如相问，一片冰心在玉壶"（唐·王昌龄《芙蓉楼送辛渐》），送别地点在楼上，表达的重点是情感的纯度；"孤帆远影碧空尽，唯见长江天际流"（唐·李白《送孟浩然之广陵》），送别的地点在江边，表达的重点是情感的长度。至于"劝君更尽一杯酒，西出阳关无故人"，似乎是将深度、广度、长度都融汇在了一起，所以特别令人为之动情、动容。

"阳关"意象

送别元二的情感所以如此强烈、不舍，主要还是因为他出使的安西都护府太过遥远，这一去，不知何时才能回还、是否能够生还，也不知有生之年是否还能相见，所以，"西出阳关无故人"就多了一份苍凉悲壮的意味。说到阳关，不能不说说汉武大帝的时代。想当初，卫青、霍去病北击匈奴，在西域设置"四郡两关"。四郡者，敦煌、武威、张掖、酒泉；两关者，敦煌郡之玉门关、阳关。它们一北一南，控扼着河西走廊西部的咽喉要道，是大汉王朝抗击匈奴的前线，也因此被视为中原与西域的界标。（《汉书·西域传》）东汉西域都护班超戍守边关数十载，晚年的时候上书汉和帝请求告老还乡，他说："臣不敢望到酒泉郡，但愿生入玉门关。"（《后汉书·班超传》）进入了玉门关，也就进入了中原故土。唐朝依然赓续了这样的文化观念："魂迷金阙路，望断玉门关。"（唐·骆宾王《在军中赠先还知己》）"绝域阳关道，胡沙与塞尘。"（唐·王维《送刘司直赴安西》）"弱水应无地，阳关已尽天。"（唐·杜甫《送人从军》）"玉门关城迥且孤，黄沙万里白草枯。"（唐·岑参《玉门关盖将军歌》）可见玉门关、阳关在古人心中的文化界标意义。

安史之乱以后，唐王朝国力大减，对西域的控制越来越力不从心。（参见唐·陆贽《慰问四镇北庭将吏敕书》）这时候，唐诗中的"阳关"意象似乎也失去了文化界标所应具有的苍凉悲壮、雄浑开阔的个性气派，成为了人生失意与王朝衰落的象征："水精如意玉连环，下蔡城危莫破颜。红绽樱桃含白雪，断肠声里唱阳关。"（唐·李商隐《赠歌姬》二首其一）"雁逆风鬐振，沙飞猎骑还。安西虽有路，难更出阳关。"（唐·许棠《塞下》二首其一）

说到这里，不由想起了高适的《别董大》："莫愁前路无知己，天下谁人不识君。"当初，高适与朋友都离开了长安，政治失意，前途未卜，但依然有勇气说出"天下谁人不识君"，那是因为他们走得再远，只要还在中原，就总有故人相逢，但走出了阳关、玉门关，则只能感慨难见故人了。这就是地理疆域的分别与文化观念的差异。

第 15 课

李白《望庐山瀑布》（其二）：这是青春的诗篇

望庐山瀑布（其二）

［唐］李白

日照香炉生紫烟，遥看瀑布挂前川。

飞流直下三千尺，疑是银河落九天。

· 选自《李白集校注》卷二十一（上海古籍出版社1980年版）。
· "日照"二句，一作"庐山上与星斗连，日照香炉生紫烟"。
· 川：河流，这里指瀑布。
· 九天：极言天高。古人认为天有九重，九天是天的最高层。

李白（701—762）

字太白，号青莲居士，祖籍陇西成纪（今属甘肃秦安），出生于西域，五岁时随父迁居绵州昌隆（今属四川江油）。他是屈原之后中国古代最伟大的浪漫主义诗人，诗风雄放，想象奇绝，有着平交王侯、傲岸不群的人格魅力，被后世尊称为"诗仙"。他与杜甫并称"李杜"，是唐代诗坛的双子星座。新旧《唐书》有传，有《李太白文集》行世。

青春寄语	李白的青春，总是惊世骇俗。心要飞到半空去，水从天上落下来，一切似乎都违背着尘世的常规习俗。然而，李白从来就不是尘世之人，常规习俗，正是他要极力挣脱的束缚与羁绊。

为何生紫烟？

这是中国文人写瀑布的第一诗！

"香炉"者，香炉峰，庐山的北部山峰，因峰顶烟雾缭绕，形状与香炉相似而得名。阳光照射在香炉峰上，为何生出紫烟呢？有人认为，红色的日光与蓝天云雾交织在一起，因此显示出紫色的烟雾；有人则认为，阳光照射在瀑布激起的水雾上，出现赤橙黄绿青蓝紫的彩虹，远远望去，就好像紫烟，如孟浩然《彭蠡湖中望庐山》诗云："香炉初上日，瀑布喷成虹。"这些说法都有一定的道理。

除此之外，可能还有一个原因：道教信仰。四川是中国道教的发源地之一，李白从小在四川长大，深受道教思想影响。在《感兴》（六首其四）中，他写道："十五游神仙，仙游未曾歇。吹笙坐松风，泛瑟窥海月。"可见，从少年时代起，他就喜好寻仙访道，套用现在的话来说，他是道教的忠实粉丝。

道教是唐代的国教，上至皇帝，下至老百姓，很多人都信仰道教，甚至有道士身份。道教崇尚紫色，认为紫色象征着高贵、吉祥。"紫烟"这个意象，更是在李白诗中频频出现。比如《送内寻庐山女道士李腾空》（二首其二）："多君相门女，学道爱神仙。素手掬青霭，罗衣曳紫烟。一往屏风叠，乘鸾着玉鞭。""罗衣曳紫烟"就与道教活动有关。

可见"日照香炉生紫烟"所表现的情形，一方面可能真有紫烟升腾，一方面是由于诗人的道教信仰。对于李白这样的游仙者、访道者而言，山上既有香炉，香炉里升起的当然不可能是白烟、黑烟或者别的什么颜色的烟，只可能是紫烟。

这里的"生"字用得好。晚唐诗人杜牧《山行》诗云："远上寒山石径斜，白云生处有人家。停车坐爱枫林晚，霜叶红于二月花。"诗中也用了"生"字。"生"有升腾的意思，在香炉峰里冉冉升起了朵朵紫烟，在寒山深处有白云升腾，特别富有动感。

庐山瀑布真有三千尺吗？

第二句"遥看瀑布挂前川"，这是从远处看，巨大的瀑布悬挂在山的前面，像一幕巨大的水帘。这句气魄很大，"挂"字用得很精准，境界高、气势足、视觉冲击力强。古人常说，写诗要炼字，"挂"就是画龙点睛之笔，看似不着意、很寻常的一个字眼，认真琢磨起来，很难替代，非它莫属。

"飞流直下三千尺，疑是银河落九天。"这两句回答了"瀑布挂前川"的具体形态：瀑布从天而降，笔直地从天上冲到地下。我们甚至能想象出瀑布冲击地面发出的巨大轰鸣，李白不仅看到了这个气势，或许也听到了这个声音。可是，庐山瀑布真有"三千尺"吗？庐山主峰大汉阳峰，高一千四百七十多米。庐山上的瀑布有二十多处，最长的是三叠泉瀑布，落差大概有一百五十多米。"三千尺"用现在的长度单位换算，至少有一千多米长，只比庐山主峰矮四百米，三千尺的瀑布肯定不存在，至于"银河落九天"那就更是夸张到极致了。

这是青春的诗篇

李白之所以能这么写，原因很简单，因为年轻！

关于这首诗的创作时间，有学者认为是唐玄宗开元十三年（725）前后，李白出蜀沿江漫游至庐山时所作；也有学者认为作于唐肃宗至德元载（756），李白隐居庐山之时。品其诗意，我们姑取前说。当时李白二十四五岁，仗剑去国，辞亲

第15课
李白《望庐山瀑布》（其二）：这是青春的诗篇

飞流直下三千尺 疑是银河落九天 唐人李白诗句 癸卯王康震

远游，从老家四川江油出发，沿江东下，遍览名山大川，遍访名人雅士，为的是见世面，扬名气，实现自己远大的抱负。李白的抱负很大，也很简单。在《代寿山答孟少府移文书》里，他说自己要"申管晏之谈，谋帝王之术，奋其智能，愿为辅弼，使寰区大定，海县清一"。一句话，要做帝王之师，要做盛世宰相，辅佐皇帝成就千秋大业。

一个二十多岁的年轻人，怀抱着青春的理想、远大的抱负，沿着长江一路漫游，远望庐山，看到的当然不仅仅是一百多米长的瀑布，而是飞天直下的银河。因为在诗人眼里，庐山的风光不仅仅是风光，更像是他的青春，放射着青春的光彩。所以，这是青春的诗篇。青春的诗篇就要有夸张，有想象，有浪漫。就不可能有一说一，而是要从一夸张出十百千万、十万百万亿万才痛快。

但这都还不够！也许在李白看来，"飞流直下三千尺"还是太俗气、太现实、太具体。于是他再次强调自己怀疑：这不是瀑布，而是从九天之上飘落到凡间的银河。李白真是浪漫派的高手，他故意说自己怀疑，但是在语气里要强调的却是肯定。其实他想说这就是银河落九天，却偏偏说"疑是"。"飞流直下三千尺"还只是说瀑布落地很猛，长度很长，而银河落到人间，那是多么飘逸、多么洒脱、多么空灵、多么仙气十足！银河这一落，整个庐山都变成了一座仙山、一座宇宙之山！

李白为什么有这样的胸怀和情怀？因为他是盛唐的青年诗人，眼光之上是浩荡的星空，胸怀以外是不受约束、无边无际的辽阔想象，在这里，非凡的、勇敢的想象力就是时代的精神，就代表着盛唐时代的创造力和创新力。

神仙诗与匠人诗

有人很想学习这种想象力、创造力。例如中唐诗人徐凝写了一首《庐山瀑布》："虚空落泉千仞直，雷奔入江不暂息。今古长如白练飞，一条界破青山色。"大意是：凭空落下千尺泉水，滚雷似的奔涌江中。宛如白练飞到眼前，一座青山由它分界。

两相比较，李白的诗是神仙诗，徐凝的诗是匠人诗。苏轼当年登上庐山，曾批评徐凝的诗说："帝遣银河一派垂，古来惟有谪仙词。飞流溅沫知多少，不与徐凝洗恶诗。"意思是：上帝派银河来到人间，只有谪仙的诗才配得上它。瀑布的水流再多，也洗不掉徐凝这首糟糕的诗！东坡先生眼界实在太高，徐凝的诗虽然不比太白，但也不至于成为恶诗，但也由此可见东坡对太白的仰慕与推崇。

苏轼登庐山的最大成果当然不是批评徐凝，而是留下足以与太白争胜的好诗，这便是《题西林壁》："横看成岭侧成峰，远近高低各不同。不识庐山真面目，只缘身在此山中。"

同样写庐山，李白的诗让我们激动，苏轼的诗让我们思考。唐诗注重写感情，所谓"重情致"；宋诗注重讲道理，所谓"重理趣"。这是唐人与宋人性情的不同，也是唐朝和宋朝气质的不同。其实天下的诗，无非唐诗与宋诗两种；天下的性情，也无非情感与理智两种。李白和苏轼在庐山上为我们演绎了唐诗与宋诗的独特美感，以及人生性情的不同境界。

李白的《望庐山瀑布》共有两首。除了这一首，还有一首五言古诗，名气虽不大，但气势宏大："西登香炉峰，南见瀑布水。挂流三百丈，喷壑数十里。欻如飞电来，隐若白虹起。初惊河汉落，半洒云天里。仰观势转雄，壮哉造化功。……"与刚才那一首的飘逸相比，显得尤为雄壮。

第 16 课

李白《行路难》(其一):行路难,不怕难

行路难(其一)
[唐]李白

金樽清酒斗十千,玉盘珍羞直万钱。
停杯投箸不能食,拔剑四顾心茫然。
欲渡黄河冰塞川,将登太行雪满山。
闲来垂钓碧溪上,忽复乘舟梦日边。
行路难,行路难,多岐路,今安在?
长风破浪会有时,直挂云帆济沧海。

- 选自《李白集校注》卷三(上海古籍出版社1980年版)。
- 斗十千:一斗值十千钱,即万钱。
- 羞:同"馐",美味的食物。
- 直:同"值",价值。
- 碧:一作"坐"。
- 岐:一作"歧",岔路。

第16课
李白《行路难》（其一）：行路难，不怕难

| 青春寄语 | 理想越大，阻碍越大；愿望越强，挫折越强。这正是李白的现状。怎么办？诉说行路难，是真的，强调不怕难，更是真的。这就是李白的态度。 |

起调很高，埋下伏笔

《行路难》是古乐府旧题，多用来书写道路的艰险，歌咏人生的不易。李白用这样一个乐府旧题，写出他的心声，也写出了那个时代的心声。

"金樽清酒斗十千，玉盘珍羞直万钱。"李白吃饭，用的是金樽、玉盘，盛的是清酒、珍馐。这些饭菜，十分精美，非常昂贵。在诗的开始，诗人就把调子提得很高，其实是为他后边吃不下、喝不下埋了一个伏笔。

"停杯投箸不能食，拔剑四顾心茫然。"不仅是把酒杯放下、筷子丢掉，吃不下、喝不下，而且把宝剑也拔出来了。难道吃饭的时候还要佩剑在身？此时此刻拔出宝剑，其实是表明一种态度，真实场景中诗人手边也许没有宝剑，也没有拔剑在手，但在诗里边需要这柄宝剑，需要拔出剑来四顾茫然，因为在这一刻，宝剑就是诗人的报国之志，就是诗人才华的象征。

在古诗文中，宝剑常常代表一个人的志向与才华。据说战国四公子之一的孟尝君，曾广纳能人，养士三千。有一位叫冯谖的士人，穷困不堪，除了腰间宝剑，一无所有。自言毫无所长，只是希望到孟尝君门下混口饭吃。孟尝君的左右看不起冯谖，只供给他粗茶淡饭。过了一段时间，冯谖倚门弹剑唱道："长剑长剑，回去吧！吃饭没有鱼。"左右把这件事报告了孟尝君，孟尝君说道："给他吃鱼吧。"过了一段时间，冯谖又唱道："长剑长剑，回去吧！出门没有车。"左右觉得好可笑，孟尝君却说："给他车子吧。"没过多久，他又开始弹剑唱道："长剑长剑，回去吧！没有钱养家。"别人都觉得他太过分了，孟尝君倒不在意，派人去赡养他家中的老母，从此冯谖不再唱歌。后来，冯谖果然出手不凡，在孟尝君失势之时忠诚随扈，还为孟尝君设计"狡兔三窟"，使之在诸侯间的博弈斗争中久盛不衰。(《战国策》卷一一) 冯谖连弹三次的宝剑，其实就是冯谖自己的象征，也是他志向与才华的象征。

"拔剑四顾心茫然"，宝剑拔出来锋芒毕露，可是有用吗？在房间里握着这柄宝剑，寒光闪闪，又有何用呢？"欲渡黄河冰塞川"，我想要渡过茫茫大河，大河上全是冻结的冰块，将黄河的河道堵住了，根本没法渡河。"将登太行雪满山"，我想要攀登太行山，山上却大雪弥漫，也上不去。渡河不成，登山也不成，做任何事情都不成，困难太大了！

李白的《行路难》有三首，这是其一。他还有其二，头两句就是"大道如青天，我独不得出"。这大道像青天一样广阔，可我却找不到成功之路，行路真难！

两个典故

"闲来垂钓碧溪上，忽复乘舟梦日边。"虽然渡河不成，登山无路，但是诗人心志不灭。"闲来垂钓碧溪上"，这里用了一个典故——姜太公钓鱼，愿者上钩。据说，当年姜太公怀才不遇，每天都在渭水垂钓，钓钩笔直，钩上也无鱼饵，距离水面老远。别人就很好奇，问他这样怎能钓上鱼来，他就说愿者上钩。实际上是说，只要有人能识得我的才华，那自然就会来找我。果不其然，西伯侯姬昌发现了这个人才，姜太公先后辅佐姬昌、武王，成就了周王朝大业。(《史记》卷三二)"忽复乘舟梦日边"也用了一个典故：当年商汤欲聘请伊尹做自己的股肱之臣。在头几天，伊尹就梦到自己坐船从日月边上经过，这实际上是将要辅佐君王的一种预兆。(《宋书》卷二七) 李白借助这些典故是想说，自己多么希望像姜太公、伊尹一样，能够到朝廷为玄宗效命，可这都只是一场梦，没法实现。

"行路难，行路难"，而最难的是："多岐路，今安在？"世上的道路千千万，

第16课
李白《行路难》(其一)：行路难，不怕难

行路难！行路难！
多歧路，今安在。
长风破浪会有时，
直挂云帆济沧海。
唐人李白诗句
癸卯孟春霖

却不知哪条道路是我的路。最后一句，作者说："长风破浪会有时，直挂云帆济沧海。"虽然很难，但我还要前进；虽然很难，但我不怕困难，我要克服困难。这里又用了一个典故，南朝宋人宗悫，小时候叔父问他未来的志向，宗悫回答"愿乘长风，破万里浪"，气势的确很大。（《宋书·宗悫传》）宗悫后来官至安西将军，成为一代名将。李白借用这个典故的用意很明显，他希望自己也能像宗悫那样，"乘长风，破万里浪"，他相信自己"长风破浪会有时，直挂云帆济沧海"。

《行路难》三首

诗人在《行路难》（其一）的开头，写了自己怀才不遇的愤懑，在人生和仕途道路上的艰难，发出了"行路难，行路难"的感慨。但是到最后他依然战胜了自己郁愤的心情，展望着美好的未来。学界一般认为，《行路难》（其一）作于天宝三载（744）李白辞别唐玄宗离开长安之后。之前他虽然供奉翰林院，与玄宗近在咫尺，但由于种种原因，依然未能施展自己的政治抱负，内心的痛苦可想而知，未来的方向也不得而知。这首诗将他这种痛苦的心情鲜明地表达了出来：虽然痛苦，依然前行；虽然困难，决不放弃。

在《行路难》（其二）里，李白说："大道如青天，我独不得出。"他想起当年燕昭王高筑黄金台，招揽天下名士；想起当年贾谊年少才高，遭人嫉恨；想起当年淮阴市井嘲弄韩信等等；再想想现在："谁人更扫黄金台？"没有人任用我们这些贤才！"行路难，归去来！"算了算了，还是归去吧，还是回归田园吧！

在《行路难》（其三）里，李白更是发出了功成身退的感慨："吾观自古贤达人，功成不退皆殒身。"凡是功成身不退的，最后都没有好结果！最后诗人得出一个结论："且乐生前一杯酒，何须身后千载名？"还是把这杯酒喝下去，及时行乐吧！我们不需要身后千载名。

《行路难》这三首诗，并非作于一时，但总的来讲，反映了李白怀才不遇、孤独愤懑、极度矛盾的心境。诗人一方面确实想要成就一番伟业，一方面又面临"多岐路，今安在"的困境；一方面埋怨"大道如青天，我独不得出"，一方面又发出"行路难，归去来"的感慨，甚至发出"吾观自古贤达人，功成不退皆殒身""且乐生前一杯酒，何须身后千载名"的悲鸣。

但归根结底，李白毕竟是李白，他之所以是一个伟大的浪漫主义诗人，就是因为他不管遭遇多少困难，不管面临多少岐路，他的人生主导方向始终是："长风破浪会有时，直挂云帆济沧海。"虽然他也会有矛盾、摇摆不定的心情，但最终还是会归结到充满希望的结局上来。从这个意义上来说，《行路难》(其一)是这三首诗的主调、主题之所在。我们在生活当中会遇到很多的困难险阻，但是都应该像李白一样，充满"长风破浪会有时，直挂云帆济沧海"的雄心壮志！

第17课

杜甫《春夜喜雨》：仁者的世界欢欣圆满

春夜喜雨
[唐]杜甫

好雨知时节，当春乃发生。
随风潜入夜，润物细无声。
野径云俱黑，江船火独明。
晓看红湿处，花重锦官城。

· 选自《杜甫全集校注》卷八（人民文学出版社2014年版）。
· 红湿处：雨水湿润的花丛。

杜甫（712—770）

字子美，其先祖为京兆杜陵（今属陕西西安）人，后徙居襄阳（今属湖北襄樊），又移居巩县（今属河南巩义）。官至工部员外郎，世称杜工部。他是中国古代最伟大的现实主义诗人，其诗关切普通民众疾苦，思想深刻，境界阔大，诗风沉郁顿挫，被后世誉为"诗史"，他本人也被尊称为"诗圣"。新旧《唐书》有传，有《杜工部集》行世。

> **青春寄语**　杜甫虽然经历了许多艰难,但始终以仁爱、热爱的心来对待生活,甚至以这样的心,对待一场及时赶到的春雨。这就是诗圣,世间的一切,在他的眼中,都充满了欢喜、善意。

"好雨"的几个特点

"好雨知时节,当春乃发生。"之所以称为好雨,需要几个特点。一是"知时节",也就是及时。常言道"春雨贵如油",早春的雨对庄稼生长非常重要,现在最需要它的时候,它就来了,可见是及时雨,当然就是好雨了。

"随风潜入夜,润物细无声。"好雨的第二个特点是"潜入夜"和"细无声"。成都的春雨常常晚上来,早晨停,正如诗人说的:"蜀天常夜雨,江槛已朝晴。"(《水槛遣心二首》)需要雨,雨就来了,不需要,雨就停了;只在晚上悄悄地来,不会白天大声地到 —— 不仅及时,而且乖巧,简直好得不得了,可见这场雨是多么的惹人喜爱。

现在,"随风潜入夜,润物细无声"已成为人们生活中的熟语、警语,常用来比喻无微不至的关爱、和风细雨的教诲。它与"野火烧不尽,春风吹又生""山重水复疑无路,柳暗花明又一村""不畏浮云遮望眼,自缘身在最高层"等诗句一样,从真实活泼的生活中走来,走出了颇具深意的人生况味。"野径云俱黑,江船火独明。"天空浓云密布,道路一片漆黑,只有江边渔船上的一抹光亮。这两句欲扬先抑,其实是为最后两句做衬托 —— "晓看红湿处,花重锦官城。"今晚这场雨过后,明天早上的成都,想必是红花烂漫,处处绽放吧!三国时期,成都蜀锦业发达,蜀汉王朝设置锦官负责蜀锦生产,成都因此得名"锦官城"或"锦城"。

杜甫来成都，完全是形势所迫。当初，杜甫被唐肃宗免去左拾遗，贬为华州司功参军，仕途、生活都陷入了巨大的困境。唐肃宗乾元二年（759），杜甫和家人一路辗转来到成都。在成都尹兼剑南西川节度使裴冕、剑南节度使严武、彭州刺史高适等众多朋友的帮助下，杜甫在成都建起了浣花草堂，过上了相对稳定的生活。可以说，是成都为颠沛流离的杜甫提供了安定温馨的家园，让他暂时远离了战乱与政治的倾轧，能够静静地坐在书桌前，抒写他对美好生活的向往，对黎民百姓的关注，对大唐王朝的深沉思考。这首《春夜喜雨》就是这一时期的代表作之一，诗中既有田园之趣，又隐含忧民之情；既有都市之美，又有一层淡淡的伤感。作者难以在官场施展抱负，但却从不曾放弃对于国家、生民、农事的关注。一旦听到天降甘霖，就感到无限喜悦，禁不住直呼"好雨"，难怪老杜被后人尊称为"诗圣"。

其实，不独诗圣如此，《春夜喜雨》的三百多年后，"喜雨"也出现在二十七岁的苏轼笔下。宋仁宗嘉祐七年（1062），凤翔久旱而大雨，士农工商无不欢喜雀跃。苏轼时任凤翔府判官，刚好在衙门里建成一座亭子，于是欣然取名"喜雨亭"，并写下千古名篇《喜雨亭记》。（《苏轼文集编年笺注》卷一一）凤翔的这场大雨，属于久旱甘霖，雪中送炭，不仅及时，而且盛大，与成都的喜雨有异曲同工之妙。

仁者情怀

当然，在成都，不仅有喜雨，也有苦雨。比如我们非常熟悉的《茅屋为秋风所破歌》："床头屋漏无干处，雨脚如麻未断绝。自经丧乱少睡眠，长夜沾湿何由彻。"漫漫长夜里的秋雨，不仅扰乱了诗人本来就窘困的生活，更让他对国家、民生忧心忡忡。但即便如此，他依然对未来充满希望、充满期待，甚至为了迎接这样的希望不惜牺牲自己："安得广厦千万间，大庇天下寒士俱欢颜，风雨不动安如山。呜呼！何时眼前突兀见此屋，吾庐独破受冻死亦足。"

第17课

杜甫《春夜喜雨》：仁者的世界欢欣圆满

好雨知时节 当春乃发生
随风潜入夜 润物细无声
野径云俱黑 江船火独明
晓看红湿处 花重锦官城

杜甫春夜喜雨 壬寅 康震

这就是先贤孟子所说的"仁者爱人，有礼者敬人；爱人者人恒爱之，敬人者人恒敬之"(《离娄章句下》)那样的仁者情怀。杜甫在夔州(今属重庆奉节)时期，住在瀼西草堂，草堂内有不少枣树。邻居是一位无依无靠的寡妇，常常来草堂打枣借以糊口。后来杜甫将草堂借给亲戚吴郎居住。不料吴郎嫌弃寡妇打枣，给枣树扎上了篱笆。杜甫知道后，赶紧给吴郎写了一封信，劝他不必如此，要多体谅寡妇的不易，能帮人处且帮人："堂前扑枣任西邻，无食无儿一妇人。不为困穷宁有此，只缘恐惧转须亲。即防远客虽多事，便插疏篱却任真。已诉征求贫到骨，正思戎马泪盈巾。"(《又呈吴郎》)大意是：如果不是贫困至极，她怎会来草堂打枣？她对你存有戒心当然多此一举，但你一来就扎上篱笆不免过于较真，她说官府征税已让她穷到骨头里，想到兵荒马乱、民不聊生，我就禁不住涕泪沾巾！

杜甫被后人称为"诗圣"，一则是因为他伟大的诗歌，更重要的是他的这种矢志不渝的仁者情怀。他不仅关爱家人、家庭、小家，而且关注民生、国家、大家，不管自己的境遇多么艰苦，这种博大、深沉的仁爱之心始终都在熠熠生辉。所以，闻一多先生称赞他是"四千年文化中最庄严、最瑰丽、最永久的一道光彩！"(《唐诗杂论》)

第18课

杜甫《闻官军收河南河北》:快诗,就是欢快的诗

闻官军收河南河北
[唐] 杜甫

剑外忽传收蓟北,初闻涕泪满衣裳。
却看妻子愁何在,漫卷诗书喜欲狂。
白日放歌须纵酒,青春作伴好还乡。
即从巴峡穿巫峡,便下襄阳向洛阳。

· 选自《杜甫全集校注》卷十(人民文学出版社2014年版)。
· 河南河北:指黄河之南北。

> **青春寄语**
>
> 杜甫也年轻过。年轻并不只是生理状态，也是一种生存状态。听到大快人心的好消息，一瞬间就年轻了；总觉得生活不如意，年轻轻的，也就老了。就这首诗而言，作者并不是老杜，而是小杜。

"生平第一首快诗"

这首诗，有人称之为杜甫"生平第一首快诗也"（清·浦起龙《读杜心解》），这个快，我理解至少有三个方面：一是指诗人心情愉快，诗人听闻官军打了胜仗，收复了被叛军占据的河南、河北等地，心情无比愉快，简直是欣喜若狂；二是指诗人恨不能立刻动身，一路向东，尽快返回家乡洛阳；三是在诗人的想象当中，自己仿佛已经出发，从巴峡到了巫峡，从襄阳到了洛阳，一路畅通，一路快行！这三个"快"的核心还是快乐、愉快、畅快！

为什么说是老杜生平第一首快诗呢？因为杜甫这辈子的生活太不容易了，可以说是一路坎坷，一路崎岖。青年时代，在长安的十年，他苦苦追求仕途，但是结果并不如意；壮年时代，在安史乱中，他颠沛流离，四处奔忙，始终看不到前途；晚年时代，他流落西南，漂泊湖湘，贫病交加，客死他乡。他的诗里，真可以说是悲多于乐，忧多于喜，苦多于甜，难多于易呀！

想当初，安史乱起，杜甫先后在凤翔、长安、华州等地为官，险恶的政治环境，战乱与饥荒逼迫得杜甫最终不得不弃官而走，离开长安、洛阳，先后在甘肃天水、同谷一带落脚，最终又不得不流落成都，幸亏得到剑南节度使严武等一众好友的帮助，才算在成都安了家。唐代宗宝应二年（762），严武被朝廷召回长安，成都发生叛乱，杜甫只好去梓州避乱。（《新唐书·列传第一二六》）

正是在这一年，唐朝的军队击败了安史叛军，收复了东京洛阳。第二年，唐代宗广德元年（763），安史叛军首领史朝义兵败自缢，其部将相继投降，持续了八年的安史之乱终于结束了。身在梓州的杜甫听到这个消息，兴奋异常，于是挥笔写下了这首著名的《闻官军收河南河北》。

千古妙诗，千古快诗

"剑外忽传收蓟北"，"剑外"，指剑门关西南区域，这里是指诗人所在的巴蜀地区。"蓟北"，指幽州、蓟州地区，也就是安史叛军长期盘踞的河北地区。诗人在巴蜀地区的梓州忽然听到中原传来消息，官军收复了河北地区。"忽传"，看来诗人多少有些意外，有点儿没想到、没料到。可见河北形势的险恶，可见剿灭叛军之难。安史之乱，整整八年，大唐王朝由盛转衰，无数百姓生灵涂炭，也将杜甫这样的底层士人抛向更加艰难困苦的境地。漫长的八年时间，很多人也许对大唐的前途早已绝望。然而，好消息传来了，官军终于平定了安史叛军，收复了河南、河北，持续八年之久的安史之乱终于结束了！

所以，诗人的第一反应是"初闻涕泪满衣裳"，忽然听到这意想不到的极大的喜讯，泪满衣襟，喜极而泣！因为安史叛乱，导致多少有志之士有家不能回，有志不能伸，有国不能报。现在，安史战乱即将结束，惊喜的洪流，瞬间冲开积郁已久的心结，杜甫的喜悦之情也深深地感染着他的家人："却看妻子愁何在，漫卷诗书喜欲狂。"老婆、孩子看到自己这么开心、快乐，也都喜气洋洋，笑逐颜开。诗写到这里，诗人的兴致达到了顶点，他随手卷起诗书说："白日放歌须纵酒，青春作伴好还乡"，白日里不仅要放歌，更要纵酒豪饮啊！而且打算就这样趁着美好的春光返回自己的家园洛阳！你看，诗人果然是"喜欲狂"，狂到白日里就要放歌豪饮，就要伴着春色回到家乡！

要知道，此时此刻，作者之所以在梓州，就是因为成都发生兵乱，他在梓州躲避兵乱而已。远在中原的安史之乱虽然结束，但近在巴蜀的当地军阀也并不老实,只要气候适宜,就会兴兵作乱,正因为如此,诗人一听到河南河北收复的消息,就更加欣喜若狂了。他不仅要马上返回家乡,连回家的路线都设计好了:"即从巴峡穿巫峡,便下襄阳向洛阳。"这一联可谓是天下之神联! 一联之中包含四个地名。"巴峡"与"巫峡","襄阳"与"洛阳",既各自对偶,又前后对偶,既是地名对,又是流水对。再用"即从""穿""便下""向"等几个动词串联起来,便形成了迅急如闪电的飞动画面。需要特别说明的是,这一联诗不仅仅是诗句,也是实际的路线:从"巴峡"到"巫峡",一路都在狭窄的峡谷间,所以要用"穿"字;走出"巫峡"来到湖北"襄阳",沿江而下,自然要用"下"字;再从"襄阳"走到河南"洛阳",一路向北陆行,"向"字则是再准确不过了。而且,从巴蜀到洛阳,也的确需要穿三峡峡谷而出,直下湖北襄阳,然后一路向北到达洛阳,用字确实是高度精准。

总之,这首七律,既情感飞动跳跃,又对仗工稳合律,尤其是以地名对与流水对结合的形式,顺畅飞扬地表达即将回乡的喜悦心情,真可谓是千古妙诗,千古快诗,难怪明末清初黄周星说这首诗"写出意外惊喜之况,有如长江放溜,骏马注坡,直是一往奔腾,不可收拾"。(《唐诗快》)明代人王嗣奭又说,"此诗句句有喜跃意,一气流注,而曲折尽情,绝无妆点,愈朴愈真,他人决不能道。"(清·仇兆鳌《杜诗详注》)这首诗真不愧是老杜"生平第一首快诗"啊!

第19课

张继《枫桥夜泊》：一个诗人的失眠夜

枫桥夜泊

[唐] 张继

月落乌啼霜满天，江枫渔火对愁眠。
姑苏城外寒山寺，夜半钟声到客船。

· 选自《全唐诗》卷二百四十二（中华书局1960年版）。
· 渔火：一作"渔父"。

张继（？—779？）

字懿孙，襄州（今属湖北襄樊）人，郡望南阳（今属河南）。盛中唐之际著名诗人。其诗"不雕自饰""诗格清迥"（唐·高仲武《中兴间气集》卷下）。生平事迹见《唐才子传》等，《全唐诗》存诗一卷。

青春寄语　　总有一些夜晚，会成为经典的夜晚，成为人们心中反复回味的共同时光。这些古老的夜晚，穿越千年，常常在不经意间，来到你的身旁。在你孤独时给你温暖的慰藉，在你悲伤时给你体贴的问候。《枫桥夜泊》就是这样的夜晚，它永远不老，永远温馨，永远是你的朋友，永生难忘。

诗人在想些什么？

这首诗大家实在是太熟悉了，可是对张继这个人，很多人不一定了解。张继生卒年不详。他在唐玄宗天宝后期考中进士，大历初入京官侍御。后以检校祠部员外郎充转运判官，分掌财赋于洪州。安史之乱爆发后，他和很多文人一样南下避乱，唐肃宗至德年间，在现在的浙江绍兴一带盘桓甚久，也曾经在苏州一带滞留，这首《枫桥夜泊》大约就写于此时。

诗题《枫桥夜泊》，就是夜晚将客船停泊在枫桥边上。诗的第一句说"月落乌啼霜满天"。这是一个没有明月的夜晚，月亮落下去了，只有乌鸦还醒着，在一片漆黑中，听见乌鸦阵阵哀啼。这还是一个"霜满天"的夜晚，寒霜一样的雾气铺满了天空，漆黑、哀伤、寒冷。就是在这样一个夜晚，诗人乘坐的客船停泊在了枫桥边上。此时此刻，诗人在想些什么呢？

"江枫渔火对愁眠"，第二句就点明了诗人的所思所想。这一句颇值得推究。到底是"江枫"和"渔火"相对，还是"江枫渔火"和诗人相对呢？有人认为"江枫"是指江边的枫树，这些枫树在黑暗中随风摇曳沙沙作响，与渔船中的灯火相对；也有人认为"江枫"指附近的枫桥和江村桥，这两座桥相对呼应，桥下的渔火也相对呼应。

不管是哪一种相对，此时诗人心中都有着无限感慨，对愁难眠。为什么愁？为什么难眠？ 也许是因为安史之乱之后，诗人流寓江南，远离家乡，思念亲人，自己的生活、仕途也都面临着很多的未知，所有这些愁凝聚在一起，凝聚在这个"月落乌啼霜满天"的夜晚，怎么睡得着？

正在这时候，诗人忽然听到了钟声。三、四两句说："姑苏城外寒山寺，夜半钟声到客船。"注意，第一句诗是有响动的，因为有"乌啼"，但是这乌啼绝对不是欢快的鸟鸣，而是一种哀啼，特别是在没有月亮的夜晚听到这种哀啼，更让人觉得心中寒冷。到了第二句就出现了色彩，但是这色彩也不是欢快的色彩，它来自渔火，渔船中的灯火。诗人在这异地他乡，在这客船上面，对着星星渔火，怎能生出欢情呢？ 只会有无限的悲情。而这时候一个更清朗悠长的声音传来了，寒山寺里的钟声传到了客船中。

"寒山"意象

"姑苏城外寒山寺"，"姑苏"是苏州的别称，至于"寒山寺"到底是个什么寺，说法有很多。一种说法认为，苏州城里、枫桥边上确实有一座古刹，始建于南朝时期，最早叫作妙利普明塔院，因为唐代僧人寒山子曾在此担任住持，所以更名为寒山寺；还有一种解释认为，寒山寺并非实指寺庙的名称，而是泛指凄冷夜色中姑苏城外一片寒山中的寺庙，正是从这些寺庙中传来了夜半的钟声。

事实上，"寒山"是古典诗歌中的一个重要意象，很多诗词当中都用到了这个意象。比如唐代诗人刘长卿《宿北山禅寺兰若》中说："青松临古路，白月满寒山。"李白诗《清溪半夜闻笛》说："寒山秋浦月，肠断玉关声。"他还在《菩萨蛮》这首词里写道："平林漠漠烟如织，寒山一带伤心碧。"还有杜牧的《山行》，他说："远上寒山石径斜，白云生处有人家。"所以，如果把寒山寺理解为在这霜雾满天的寒夜里坐落在寒山当中的寺庙，也是完全讲得通的。

"夜半钟声"可能吗？

最后一句说"夜半钟声到客船"。寺庙里半夜三更的怎么会敲钟呢？最早提出这个疑问的是北宋文学家欧阳修，他认为这首诗写得挺好，可就这夜半钟声实在太奇怪，因为"三更不是打钟时"。(《六一诗话》)其实，我们从很多古代文学作品中都能找到例证，寺院半夜敲钟，还真有其事。比如盛唐诗人王维曾在《山中与裴秀才迪书》中说："村墟夜舂，复与疏钟相间。"意思是说，夜晚时分听到村子里边舂米的声音，与山中寺庙稀疏的钟声遥相呼应。还有中唐诗人皇甫冉曾在《秋夜宿严维宅》里说："昔闻玄度宅，门向会稽峰。君住东湖下，清风继旧踪。秋深临水月，夜半隔山钟。世故多离别，良宵讵可逢。"皇甫冉在半夜时分也听到寺庙里边的钟声。最值得一提的是，唐代大历年间有一个文人叫李子卿，他写了一篇赋，叫《夜闻山寺钟赋》，他听到的是嵩山少林寺的半夜钟声。由此可见，寺庙夜半的钟声在唐代的确是比较普遍的。

"夜半钟声到客船"这句诗很妙。夜半时分，寒山寺里传出隐隐的钟声，传到了客船之上，让颠沛流离的游子听到，心里多少获得了一些安宁。为什么？因为"江枫渔火"并不是家里温馨的灯火，而是浪迹天涯、漂泊江湖的渔舟灯火。对着渔火，游子只能是愁容满面，而听到寺里的钟声，知道终于可以歇歇脚了，可以在这姑苏城里安睡一晚了。

印在心里的意象

《枫桥夜泊》唤起的是一个整体的意境。在一个没有明月、乌鸦哀啼、霜寒满天的夜晚，孤独的渔火陪伴着未眠的诗人，这时传来寺庙里阵阵夜半钟声，勾起诗人无限感伤。客居异乡的他思念家乡，思念亲人，追怀往事，遥望前途，种种愁绪无法排解。这首诗通过意境的营造，写出了愁思的诗意和诗意的愁思。

相应的，枫桥的历史，寒山寺的历史，甚至姑苏城的一部分历史，也因为

第19课
张继《枫桥夜泊》：一个诗人的失眠夜

姑苏城外寒山寺
夜半钟声到客船
唐人张继诗句
癸卯春康震

这首诗开启了新的篇章。从此，寒山寺、枫桥、渔火、对愁眠都成了印在我们心里的意象，历朝历代的文人反复吟咏，如宋代陆游《宿枫桥》"七年未到枫桥寺，客枕依然半夜钟。风月未须轻感慨，巴山此去尚千重"，元代顾瑛《泊阊门》"枫叶芦花暗画船，银筝断绝十三弦。西风只在寒山寺，长送钟声搅客眠"，等等，都是如此。

其实，寒山寺的生命、寒山寺的岁月就是从张继的《枫桥夜泊》开始的，如同滕王阁、鹳雀楼、黄鹤楼、岳阳楼的生命是从王勃、王之涣、崔颢和范仲淹开始的一样。风景中之最伟大者还在于描绘风景的人，正是因为这些诗人写出了杰出的作品，才使这些风景以诗意的姿容定格于历史之中，成为永久的经典。

第 20 课

白居易《大林寺桃花》：寻找别样世界里的春色

大林寺桃花

[唐] 白居易

人间四月芳菲尽，山寺桃花始盛开。

长恨春归无觅处，不知转入此中来。

·选自《白居易集》卷十六（中华书局1979年版）。

白居易（772—846）

字乐天，自号香山居士、醉吟先生，原籍太原（今属山西），祖上迁居下邽（今属陕西渭南），出生于新郑（今属河南）。中唐著名诗人。其诗丰富多彩，各具特色，或补察时政、抨击时弊，或叙写深婉、真情贯注，或吟咏性情、刻绘山水。他早年与元稹齐名，并称"元白"；晚年与刘禹锡唱和，并称"刘白"，对后世诗文影响深远。新旧《唐书》有传，有《白香山集》行世。

> **青春寄语**
>
> 这是传说中的平行时空。山里，桃花绽放；城里，桃花飘零。仿佛一对孪生姐妹，在不同的世界各自起舞。而诗人，则如通灵的神，游走在两个世界之间。

人间四月寻春色

这首诗的写作时间是唐宪宗元和十二年（817）四月，这一年白居易四十六岁，任职江州司马。大林寺，相传为晋代僧人昙诜所建，是中国佛教胜地之一。

首句"人间四月芳菲尽"，"人间"，指庐山下的平地村落；"芳菲"，盛开的花，亦可泛指花草艳盛的阳春景色；"尽"，指花凋谢了。这句是说，农历四月，百花凋谢，春去夏来。紧接着第二句"山寺桃花始盛开"，在这百花凋谢的时候，深山里边却呈现出完全不同的景象，诗人在大林寺里看到了桃花。大林寺在哪儿？就在庐山上。也就是说，白居易去游览庐山，庐山有个大林寺，大林寺里正盛开着桃花。可是初夏时节怎么会有桃花盛开呢？

第三句"长恨春归无觅处"，我们常常惋惜，这春天走了，到底上哪儿才能找到春光呢？中国人对于春色、春光、春日总有一种特别的眷恋。辛弃疾在《摸鱼儿》里说："更能消、几番风雨。匆匆春又归去。惜春长恨花开早，何况落红无数。春且住。见说道、天涯芳草迷归路。"经过了几番风雨，春天就要走了。诗人想留住春色，所以不希望花开得那么早，因为花开得越早，春天走得也早。可是现在呢？几番风雨后，落红无数，春色早已归去。可见，人们是多么眷恋春色、渴望春色。白居易在《大林寺桃花》这首诗里问，春天跑哪儿去了？最后一句给出了答案："不知转入此中来。"想不到江州城的春色转到庐山大林寺这边来了。

四句诗，一个意思，就是寻找春色、发现春色。人间四月，春色已经归去，只有庐山大林寺的桃花还像早春二月那样绽放。原来春天没有走，只是到庐山大林寺里来了。这首诗转折得非常有趣，写出了别样的情绪，诗人在处处寻找春光，一路跟踪春色，最终找到了春色，桃花就是春色、春光的象征。

庐山大林寺探幽

《大林寺桃花》这首诗其实并非独立发表，而是藏在一篇文章里的，这篇文章就是白居易写于同时的《游大林寺序》。在序中，他写自己和一群好朋友共十七人游览庐山，都是些什么人呢？"余与河南元集虚，范阳张允中，南阳张深之，广平宋郁，安定梁必复，范阳张时，东林寺沙门法演、智满、士坚、利辩、道深、道建、神照、云皋、恩慈、寂然凡十七人。"一句话，和方内方外的朋友一共十七人。他们都游览了哪些地方呢？白居易写道："自遗爱草堂历东西二林，抵化城，憩峰顶，登香炉峰，宿大林寺。"从遗爱寺边的草堂出发，经过东林寺和西林寺，来到上化城寺，在峰顶院休息之后又登上了香炉峰，也是李白诗句"日照香炉生紫烟"里的香炉峰。当天晚上，他们十七人一起住在了大林寺。

大林寺究竟是怎样的？"大林穷远，人迹罕到。环寺多清流、苍石、短松、瘦竹。"大林寺非常偏僻，人迹罕至。寺院周围溪水清澈，岩石苍苍，青松短矮，还长了不少瘦竹。"寺中惟板屋木器，其僧皆海东人。"只有一些板屋、木质器具，僧人均为海东人。白居易又说："山高地深，时节绝晚。于时孟夏，如正二月天，梨桃始华，涧草犹短。"这里山势高峻，地形深幽，所以春天来得晚，走得也晚。山下已是初夏季节，这里却还是早春二月，山中的桃李刚刚绽放，山间的绿草还很短浅。所以他感慨："人物风候与平地聚落不同，初到恍然若别造一世界者。"山里和山下如此不同，如同来到另一个神奇的世界。于是随口吟了一首绝句，这首诗就是《大林寺桃花》。

白居易接着说："既而周览屋壁，见萧郎中存、魏郎中宏简、李补阙渤三人姓名诗句，因与集虚辈叹且曰：'此地实匡庐间第一境。'由驿路至山门，曾无半日程,自萧、魏、李游,迨今垂二十年,寂寥无继来者。嗟乎!名利之诱人也如此。"环顾大林寺的墙壁,看到墙壁上有当代著名文人萧存、魏宏简和李渤三个人题写的诗句,不由得感叹庐山真乃天下第一圣境。

不过,这三人题写之后,直到白居易一行到此,近二十年,再也无人续写诗句。可见世人只重滚滚红尘,却轻视这世外桃源。

从"兼济"到"独善"

那么,身为江州司马的白居易,为何如此偏爱这方世外桃源呢?

其实,白居易最初的人生理想与世外桃源关系不大。他早年考中进士,先后在朝廷担任翰林学士、太子左赞善大夫等官职,仕途一直比较顺利,他本人也很受宪宗皇帝的器重。后来因为写《秦中吟》《新乐府》讥讽朝政,得罪了权贵,被冠以越职言事的罪名,贬谪江州司马,这是元和十年(815)的事,这一年他四十四岁。

自从被贬江州之后,白居易的思想发生了很大的变化。由"兼济天下"转向"独善其身",他好像失去了政治进取的精神,只是一味沉浸在自己幸福的小日子里。在给朋友元稹的信中,他说,自古以来诗人的命运都不太好,像陈子昂、孟浩然、李白、杜甫、孟郊、张籍,虽然诗写得好,却不免穷困潦倒一辈子。我自己在这个荒僻的地方做官,但我官居五品,"月俸四五万",天冷有衣穿,肚饿有饭吃,除了自己的生活有保障,还能照顾自己的家人,可以说,我没有辜负一个白氏子弟的名分。(《与元九书》)

在《江州司马厅记》这篇文章中,白居易有一段内心表白。他说:"江州左匡庐,右江湖,土高气清,富有佳境。"江州左边有庐山,右边有江湖,地势高,天气清朗,风景绝佳。又说:"刺史,守土臣,不可远观游。群吏,执事官,不敢自暇佚。惟司马,绰绰可以从容于山水诗酒间。"江州刺史统领全州事务,具体办事官员各有其责,他们都没有空闲四处游览,消磨时光。只有我这个司马的

第20课
白居易《大林寺桃花》：寻找别样世界里的春色

人间四月芳菲尽
山寺桃花始盛开
唐人白居易诗句
癸卯年春 康震

时间很宽裕，可以在山水风光间饮酒吟诗，乐而不倦。

又说："州民康，非司马功；郡政坏，非司马罪。无言责，无事忧。"江州百姓生活安康不是司马的功劳，江州政治败坏也不是司马的罪过，既不必因言担责，也不必百事操心。"为国谋，则尸素之尤蠹者；为身谋，则禄仕之优稳者。"如果从国家的角度而言，司马这个职位真是尸位素餐，是国家的蠹虫；但如果从自身的角度而言，司马的俸禄最为优厚，地位最为稳当。"予佐是郡，行四年矣，其心休休如一日二日。何哉？识时知命而已。"我当江州司马快四年了，内心非常安闲自得，好像刚过了一两天一样。为什么？因为我乐天知命罢了。

可见，白居易在江州的心情很矛盾，一方面手中无权，想做什么也做不了，不免失落痛苦；一方面正好乐得清闲，反正俸禄不少拿，朝廷愿意养着我这个闲人就养着吧（这其实也是牢骚之语）。所以，《大林寺桃花》这首诗，看似轻松，其实也不轻松；要说轻松，也真是很轻松。总之，四十六岁的白居易在庐山找到了属于自己的桃花源。不管怎么说，这都是值得庆祝、值得开心的一件好事。

第 21 课

柳宗元《江雪》：最洁净的雪，最孤独的心

江　雪

［唐］柳宗元

千山鸟飞绝，万径人踪灭。

孤舟蓑笠翁，独钓寒江雪。

· 选自《柳宗元集》卷四十三（中华书局1979年版）。
· 绝：再也不回来了。
· 万径：虚指，指千万条路。
· 人踪：人的脚印。
· 蓑笠：古代用来防雨的衣服和帽子。

柳宗元（773—819）

字子厚，河东（今属山西永济）人。中唐著名诗人。长期遭受贬谪，最终卒于贬所。其诗多抒发愤懑抑郁、壮志难伸的情怀。山水诗简淡凄清，与韦应物并称"韦柳"。他与韩愈倡导古文，并称"韩柳"。其文劲健犀利，指斥时弊，尤以山水游记、寓言文章著称，为"唐宋八大家"之一。新旧《唐书》有传，有《柳宗元集》行世。

青春寄语　　蓑笠，是编织的孤独；渔舟，是停泊的孤独；钓线，是等待的孤独；老翁，是衰朽的孤独；冬雪，是骄傲的孤独。

从心里划出的孤舟

这首诗作于柳宗元任永州司马期间，永州就是现在的湖南省永州市。

"千山鸟飞绝，万径人踪灭。"这肯定是夸张手法。从字面意思看，有千万座山，山里头没有一只鸟。他没有说"千山鸟飞走"，而是"千山鸟飞绝"，意思是，这山里边一只鸟也不会回来了。诗，都是带有感情色彩的，如果说"千山鸟飞走"，就没有感情色彩，因为鸟飞走了，还能飞回来。但他说的是"千山鸟飞绝"，一个"绝"字，就突出了作者那种非常决绝的，甚至是绝望的情感。"千山"也表达了同样的情感、态度。

接下来更厉害。"万径人踪灭"，所有的道路上都没有人的踪影，人的踪迹灭绝了。这两句诗联系在一起，想想看，是一幅怎样的景象？这绝不是壮美的雪景，也绝不是冬雪初霁时候的情景。这是下了一场雪之后整个世界毁灭了的景象。

在这生命灭绝的天地里，只有诗人还在。诗人是谁？就是一个披着蓑衣、戴着斗笠的老头子，坐在一叶孤舟上。这就奇怪了，路上一个人都没有，山里一只鸟都没有，哪儿出来一只孤舟？很简单，这场雪是下到了柳宗元的心里，这只船也是从柳宗元的心里划出来的，这是他的心舟。这世上，不会再有第二只这样的船。

这个"蓑笠翁"在干吗呢？在"独钓寒江雪"。江是寒江，雪是寒雪，人，是孤舟上的孤独老翁，在钓寒江中的雪。"寒江雪"就是他的整个世界，他一直都在钓着"寒江雪",也许一生一世,也许生生世世。当这只孤独的船从柳宗元心中划出,当他伸出这根鱼竿,渔线甩到江雪中,这鱼竿从此就再也没有收回来,他会一直钓下去,也许十年,也许百年、千年。

难道不是吗?我感觉这"孤舟蓑笠翁"从一千多年前一直钓到现在。到现在,我们心里还放不下这只船,还放不下这个"独钓寒江雪"的"蓑笠翁",因为柳宗元不仅仅是在写景,更是在写他自己和一群人的历史。

被冰雪冻结的世界

这场雪彻底落到了柳宗元的心里,他整个身心都笼罩在冰雪的世界里。这场雪到底从何而落呢?为什么这从天而降的雪会把诗人的人生、思想、看世界的眼光全都冻结住了?

这还要从唐顺宗永贞元年(805)说起。

这一年,唐顺宗及其追随者大力推动政治革新。柳宗元、刘禹锡等人都是这场政治运动的积极参与者。不久,宦官发动政变,逼迫时已中风的顺宗退位,拥立太子李纯即位,即为唐宪宗。很不幸,在这个过程中,柳宗元、刘禹锡成为政治斗争的牺牲品。他们与其他参与"永贞革新"的官员都被贬谪到了外地。这就是历史上著名的"二王八司马"事件。

这些官员被贬往远郡担任司马,其中柳宗元被贬为永州司马,而且没有任何实际权力。史书记载,八司马被贬谪之后,宪宗皇帝明令:"纵逢恩赦,不在量移之限。"(《旧唐书·宪宗本纪》)意思是说,即使朝廷颁布大赦令,八司马也不在赦免之列。可见在宪宗眼里,他们的罪过太重,直接触犯到了他的皇权利益。

这真的是绝境。这真的是:"千山鸟飞绝,万径人踪灭。"面对永不得赦的贬谪,三十岁出头的柳宗元怎么能不绝望?

在给朋友的信中,他说,自从来到永州,身上的病稍稍好些。原来一两天犯一次,现在一个月才发作两三次。吃药吃得太多了,病情虽然缓解了,却伤了元

气，走路膝盖发抖，坐下来肌肉和关节就疼痛不已。(《与李翰林建书》)

在给岳父的信中，他说，永州多发火灾。我来永州五年，房屋四次失火，窗户烧坏，墙垣倒塌，我只好光脚逃出屋外，才能幸免于死。(《与杨京兆凭书》)可见当地自然条件之差，基础设施条件之差。

在给朝廷官员的信中，他说，柳氏家族的墓地在长安城南，无人看护。自己远在南方，鞭长莫及，每逢寒食节只能向北痛哭流涕，以头顿地。想到家家户户都在为父母、先祖扫墓敬香，自己真是痛心疾首。(《寄许京兆孟容书》)

柳宗元到永州不到半年，母亲就去世了。他的母亲卢氏三十四岁生下柳宗元，五十五岁孀居。她在儿子身上倾注了大量心血，但她做梦也想不到，年迈之际，却不得不跟随柳宗元来到这荒远的永州。不到半年，由于水土不服、居无安室，不幸亡殁。这件事对柳宗元打击很大。

柳宗元来永州之前，他的夫人杨氏已经怀有身孕，但遗憾的是杨氏患有重疾，所以孩子最终流产了。杨氏去世之后，柳宗元没有再娶正妻。来到永州之后，他在给朋友的信里说，我在被贬官员中罪责最深，虽然上天降罪于我，但我没有马上去死，那是因为我们柳氏两千五百年来代代相传，到我这里不能断了香火。但在这偏远之郡，本无门当户对之家，就算有，人家也不愿意接近我这样一个重罪之人啊！(《寄许京兆孟容书》)

据史料记载，被贬永州之后，柳宗元给亲朋好友官员写了很多信，希望有人能够施以援手，帮助他离开永州："遍贻朝士书言情，众忌其才，无为用心者。"(《唐才子传》)但是朝中很多人都嫉恨他，没有人肯搭救他。

在孤独和绝望之中，柳宗元只好深深地自我解嘲，甚至是自我贬损，也许只有这样，才能让自己的内心归于平静，获得一些平衡。在《愚溪诗序》这篇文章中，他为永州的一条溪水取名愚溪，愚溪边有小丘，取名愚丘，愚丘前有泉水，取名愚泉，愚泉有六个孔穴，向前流成一条沟，取名愚沟，愚沟中造一池，取名愚池，愚池以东有堂，取名愚堂，再往南有座亭子取名愚亭，愚池中还有一小岛

第21课
柳宗元《江雪》：最洁净的雪，最孤独的心

孤舟蓑笠翁
独钓寒江雪
唐人诗句
癸卯丑康震

也取名愚岛。

为什么都以"愚"命名？柳宗元说得很直白："以余故，咸以愚辱焉。"都是因为我的愚，使它们也不幸沾染了愚的名声。回顾历史，宁武子、颜回这样的所谓愚："宁武子'邦无道则愚'，智而为愚者也；颜子'终日不违如愚'，睿而为愚者也。"都不是真愚，而是大智若愚。而我做人"违于理，悖于事"，不合情理，有悖常理，真是愚到家了，结果连带得溪、丘、泉、池等也都蒙受了愚钝之名。（《愚溪诗序》）

在《钴鉧潭西小丘记》这篇文章中，他听说钴鉧潭西小丘只卖四百文钱，不由得大发感慨，小丘如此美好，却如此贱卖，如果是在长安，就算日增千金也买不到啊，可惜了这样好的一处美景被弃之永州。不用说，在这里，柳宗元他又将自己比喻成了钴鉧潭小丘。

柳宗元在永州贬居十年。元和十年（815），唐宪宗将这些被贬官员召回长安，但很快又将他们贬往更加遥远的边郡，柳宗元被贬柳州刺史，四年后他在柳州去世，年仅四十七岁。那时，他的大儿子只有四岁，小儿子还没有出生。

孤寂绝望中的孤傲人品

韩愈专门为柳宗元撰写《柳子厚墓志铭》，其中说到一件事：元和十年（815）刘禹锡被贬到偏远贫困的播州，而他的母亲已经八十多岁，如果跟随刘禹锡去播州，肯定凶多吉少。关键时刻，柳宗元站出来说，愿意用自己被贬的柳州换刘禹锡的播州，因为柳州的条件比播州好一些。但这是个非常危险的建议，因为柳宗元本身就是被贬之臣，根本没资格向朝廷提什么交换要求，他的建议很可能会给自己招致更大的祸患。好在朝中大臣在宪宗面前为刘、柳说情，宪宗才下令将刘禹锡改派为连州刺史，连州就是现在的广东省连州市。

韩愈写到这里，不由得慨叹："士穷乃见节义。"只有在危急关头、利害关头，才能看出一个人是不是真义士。很多人当面海誓山盟，一旦发生利害冲突，立刻反目成仇，与柳宗元相比，真是天壤之别。

或许，在一般人看来，柳宗元的人生算是失败了。但韩愈指出，正因为柳宗元经历了漫长的贬谪生涯，人生濒临绝境，他的文章事业才会如此辉煌，才会流芳百世。这也就是欧阳修说的："非诗之能穷人，殆穷者而后工也。"（《梅圣俞诗集序》）

韩愈进一步指出，柳宗元固然有将相之志，但回头看，我们更需要一个将相柳宗元还是一个大文学家柳宗元？有识之士应该会有智慧的选择吧。韩愈不愧为一代文宗，目光如炬。唐代永贞、元和时期那些政治风云、是非曲直早已随风而去，永留人心的，是那个写《永州八记》《黔之驴》《捕蛇者说》的柳宗元，是那个大哲学家、大文学家柳宗元。

所以，《江雪》所表达的固然是孤寂无助的绝望，但也展示出诗人超逸绝伦的艺术才情。"孤舟蓑笠翁，独钓寒江雪"，柳宗元在"寒江雪"中到底"独钓"了什么？是孤寒中的一点慰藉？是孤傲人品的一点闪现？还是孤高格调中的一段文字？也许都有。换个角度重读《江雪》，我们也许可以明白柳宗元的志向：就算全世界的鸟都飞绝了，就算全世界的人都不关怀我了，我依然要坚守自己，坚守理想，坚守本心。"千山鸟飞绝，万径人踪灭"是躲不过的苦难，"孤舟蓑笠翁，独钓寒江雪"是等得到的清白。

第22课

贾岛《寻隐者不遇》：不遇之遇方为隐

寻隐者不遇

[唐]贾岛

松下问童子，言师采药去。
只在此山中，云深不知处。

· 选自《贾岛集校注》（中华书局2020年版）。
· 隐者：隐居不仕的人，即隐士。

贾岛（779—843）

字阆仙，范阳（今属河北涿州）人。中唐著名诗人。久困科场，屡试不第，诗中多愤世嫉俗之语。长于五律，精于雕琢，好为苦吟，善写荒僻情状，对晚唐五代乃至宋诗影响很大。生平事迹见新旧《唐书》、《唐才子传》等，有《贾长江集》行世。

> **青春寄语**　隐者，本来就是远离喧闹尘世的。藏在深山无人知，方为隐。寻而不遇本属常理，但却偏要来寻，或许是为了凸显隐者独有的情怀吧！

神秘隐者似神仙

这首诗的题目是《寻隐者不遇》，隐者，隐士也；寻隐者不遇，寻访隐士而不得见也。

诗的头一句说："松下问童子。"对中国人来说，松树，象征着不畏严寒的高洁人格，象征着仙风道骨与年寿绵长，正所谓："岁寒，然后知松柏之后凋也。"（《论语·子罕》）"人能百岁自古稀，松得千年未为老。"（宋·王安石《酬王濬贤良松泉二诗·松》）古人甚至确信服食松子、松叶可以长寿不老："松子味甘酸，益精补脑。久服延年不老，百岁以上，颜色更少，令人身轻悦泽。"（唐·孙思邈《千金翼方》卷三十）

所以，一开首的"松下问童子"，自然会引人无限遐想：诗人前来寻访隐士，此间青松翠柏，真是个山深林幽、仙风飘飘的仙境啊！而松下的这位童子，也不由令人联想到观音菩萨身边、太上老君炼丹炉旁的小仙童——他回答诗人"言师采药去"，我家师父去采药啦！采的什么药？肯定是长生不老的灵丹妙药啊！诗的最后两句，更起到了推波助澜、锦上添花的作用——依然是小童回答诗人的话："只在此山中，云深不知处。"我的师父就在这云雾弥漫的深山之中，具体在哪里采药，我也不知道啊！这迷离恍惚、飘忽不定的云雾，正如行踪难觅、寻访难遇的隐士一样，让诗人费尽思量却不得一见。青松下，小道童，深山里，云雾间，隐者去，采药中，在哪里，不知道——经过诗人如此这般一番神书写、神操作，这位神秘的隐者不是神仙也胜似神仙了！

隐者的世界

那么，这位隐者到底是谁？究竟是不是神仙呢？这还要从这首诗最早的真面目说起。《寻隐者不遇》这首五言绝句，有两个比较早的版本，第一个见于北宋类书《文苑英华》，诗题是《访羊尊师》，诗的第一句不是"松下问童子"，而是"花下问童子"。作者署名为孙革。孙革生活年代早于贾岛，是唐德宗朝进士，宪宗、穆宗时期，他先后做过监察御史、刑部员外郎、刑部侍郎等官职。尊师即是道士，诗题的意思，就是寻访羊姓道士。第二个版本见于南宋洪迈的《万首唐人绝句》，诗的内容与现在通行版本相同，但诗题是《寻隐不遇》，作者署名无本，无本是何许人？就是中唐著名诗人贾岛，他早年曾出家为僧，法号正是无本。（宋·宋祁、欧阳修《新唐书·韩愈传》）

需要特别说明的是，《文苑英华》虽成书于北宋太宗时期（977—997），但直至南宋宁宗嘉泰四年（1204）方才刊刻面世。《万首唐人绝句》则成书于南宋光宗绍熙三年（1192）。也就是说，这两个版本彼此并无交集，各有其独立来源。那么，究竟哪个版本才是正确的呢？

宋元之际，诗评家蔡正孙在《诗林广记》中收录魏处士《寻隐者不遇》一诗，并在诗后评论说："与僧无本诗同一意趣，今附于左。"他所附的诗就是《僧无本访隐者不遇》，内容与《万首唐人绝句》版本相同。

明初，文学家高棅在《唐诗品汇》中，首次以《寻隐者不遇》为题、以贾岛为作者收录了这首诗，内容与《诗林广记》一致。此后，各类诗集、诗选大多认同、采用了高棅的版本，也就是我们今天所讲的版本。细想起来，高棅必定是依据这首诗的内涵、孙革的生平、贾岛的诗歌特色等各方信息进行综合研判后得出这样的结论。

追溯到此，我们大致明白，诗题中的隐者，或许真是个"人间神仙"呢——

至少是个道士——《访羊尊师》这个最初的诗题提示了这种可能性。而作者无本则提示我们，这首诗很有可能写于贾岛出家为僧之时。其实，只要翻开贾岛的诗作，便会觉得，这首诗的著作权非他莫属："渐老更思深处隐，多闲数得上方眠。"（《酬张籍王建》）"寂寥思隐者，孤灯坐秋霖。"（《怀紫阁隐者》）"不曾离隐处，那得世人逢。"（《山中道士》）"犹嫌住久人知处，见拟移家更上山。"（《题隐者居》）这些诗句与《寻隐者不遇》的诗意何其相近啊！

现在，再回首看看这首诗，有僧人，有道士，有小童，有采药，有青松，有深山，有浓云……隐在山中的看来不只是这位采药的道士，来访的僧人、松下的小童，不也都是隐者么？说实在的，这首诗所写的，其实就是隐者与隐者的对话，从这个意义上来说，寻访遇或者不遇，都不重要，重要的在于这场著名的对话，这才是全诗的重心，正是这场对话，在我们的面前打开了一个新鲜的也是陌生的世界，一个隐者的世界。

不遇之遇

什么是隐者？就是隐士。唐代的隐士可不少，各有各的特点。比如隋唐之际的王绩，是大诗人王勃的叔伯爷爷，自己也是著名诗人。他个性真率，喜欢饮酒，曾待诏门下省，后因病辞官归隐乡里，从此不问世事，悠游山林。初唐的朱桃椎，好尚自然，不爱做官，隐居在山里。有人送他衣物礼品，他都避而不见。

盛中唐的张志和，深得唐肃宗器重，后来因事被贬，遂绝意仕进，归隐湖州、会稽，自号"烟波钓徒"，还写出"青箬笠，绿蓑衣，斜风细雨不须归"的优美词句。中晚唐的方干，举进士不第，于是隐居会稽镜湖。湖的北面有茅草书房，西面有一座松岛，风清月明之时，他就驾一叶轻舟，往来其间，非常惬意。

隐士当中，还有不少类似《寻隐者不遇》里的僧人或道士。比如初盛唐的司马承祯，先后在嵩山、衡山、天台山、王屋山等地隐居修道。他深得武则天、唐睿宗、唐玄宗等帝王的礼遇，数次被召入宫论道，与陈子昂、宋之问、贺知章、孟浩然、王维、李白等著名诗人也多有交游。

可见，唐代的隐者，有的是僧道修行之人，有的是逍遥世外之人，有的是科场、官场失意之人，有的则是不愿同流合污之人。在唐朝，还有一些所谓的隐士，虽有隐逸之名，却算不得真隐士。比如李白，曾与孔巢父等六人隐居泰安徂徕山竹溪，他们纵酒酣歌，啸傲泉石，号为"竹溪六逸"。其实，这种隐逸走的就是所谓的"终南捷径"（唐·刘肃《大唐新语》卷之十隐逸第二十三），是在为将来入仕预热、造势，赢取必要的舆论资本。另外，更有一种半官半隐的"中隐"做派，在当时也很盛行。白居易在《中隐》诗里说："大隐住朝市，小隐入丘樊。丘樊太冷落，朝市太嚣喧。不如作中隐，隐在留司官。……终岁无公事，随月有俸钱。"大意是说，大隐在朝市太喧闹，小隐在乡村太冷清。不如做个闲官，没多少公务，月月还有俸禄，不劳心力，不受饥寒。一句话：享受朝廷的俸禄，也享受山林的自在，活得很实惠，也很独立，这就是白居易们向往的生活方式，他们将其称之为"中隐"。

这种隐者，倒不必急着去寻访、相遇，因为他们本来就在市井之中，朝廷之上。他们的所谓隐逸，也实在与羊尊师、无本们的云山采药、真心隐逸大相径庭，当然也不大可能有这样著名的不遇、著名的对话了。当我们细细品味唐诗中的种种寻访不遇，便会深切感受到，对寻访者而言，寻访而不遇，反而似乎才是真正宝贵的契机——"九日驰驱一日闲，寻君不遇又空还。怪来诗思清人骨，门对寒流雪满山。"（唐·韦应物《休假日访王侍御不遇》）"到来心自足，不见亦相亲。说法思居士，忘机忆丈人。"（唐·韩翃《寻胡处士不遇》）"访师师不遇，礼佛佛无言。依旧将烦恼，黄昏入宅门。"（唐·姚合《访僧法通不遇》）"落花流水认天台，半醉闲吟独自来。惆怅仙翁何处去，满庭红杏碧桃开。"（唐·高骈《访隐者不遇》）——这契机，便是寻访不得见人，却正好与大自然全身心地相遇相拥；寻访不得见人，却正好初心烛照与自我的内心相遇相识；寻访不得见人，却正好因此与缠绵悠长的回忆、思念相遇相守。

第 23 课

李商隐《无题》：难以一一言明的诉说

无 题

[唐]李商隐

相见时难别亦难，东风无力百花残。
春蚕到死丝方尽，蜡炬成灰泪始干。
晓镜但愁云鬓改，夜吟应觉月光寒。
蓬山此去无多路，青鸟殷勤为探看。

· 选自《李商隐诗歌集解》（中华书局1998年版）。

李商隐（813？—858）

字义山，号玉谿生，又号樊南生，怀州河内（今属河南沁阳）人。晚唐著名诗人。因深陷"牛李党争"，一生郁郁不得志。其诗反映时事民生，抒愤寄慨；写爱情的无题诗深情绵邈、隐晦曲折，尤为后世所称道。他兼擅各体诗作，七律特出，多用典故，色彩瑰丽。与杜牧齐名，并称"小李杜"；又与温庭筠并称"温李"。新旧《唐书》有传，有《李义山诗集》《樊南文集》行世。

青春寄语　　无题，也是一种题目。也许，诗人想要诉说的太多，而这些诉说也难以一一言明，就算言明也于事无补。所以，诗人只能选择无语，但又实在不忍无语——所有这些纠结与无奈，终于酿成无题。

情诗的典范

这首诗历来被认为是一首非常经典的爱情诗。虽然学术界关于这首诗的主旨到底是什么有很多的争论，但我们首先还是按照爱情这一主旨来讲解它，至少在诗的形态上、在诗的表层含义上，诗人是在表现对爱情的一种执着。

"相见时难别亦难，东风无力百花残。"相见的时候是多么艰难，分别的时候就更加艰难。尤其是在这暮春的时分，东风失去了力量，百花即将凋残。诗人在这里表达了一种艰难的情感追求。从爱情的角度来看，作者和相恋的这位爱人可能是相隔遥远，也可能是由于某种难言的苦衷而难以相聚。处于"相见时难别亦难"这种痛苦的感情漩涡中，作者自然就会发出"东风无力百花残"的感叹，他和有情人之间的爱情就像这暮春时节，没有力量再坚持下去，好似百花凋残一般。这个开头很悲剧，也非常挣扎。试想一下，如果刚一开始这场爱情就注定是如此艰难，那它的指向也只有失败。诗人看到了这种绝望，但他又在苦苦地挣扎着，想要坚守这段感情。诗人对于爱情的追求、对于对方的忠诚依然不改初衷，所以才说"春蚕到死丝方尽，蜡炬成灰泪始干"。这两句已经成为千古传诵的名句，诗人对于爱情的誓言是多么坚定：我对你的爱，对我们彼此之间的感情，就像春蚕，除非死了才停止吐丝——除非死了才会停止对你的爱；就像蜡烛，除非燃尽了最后一寸才会不滴蜡泪——除非我化为灰烬才会不为你伤情。

正如诗人在《无题·飒飒东风细雨来》中所说："春心莫共花争发，一寸相思一寸灰。"一寸相思就烧尽一寸之灰，每一寸的灰里都隐含着作者对对方执着不尽的思念。"丝方尽"的"丝"也是"思念"之"思"的谐音。正是因为有这样执着、至死不渝的思念，才会有后边"蜡炬成灰"这样近乎绝望的坚持，这种不想放弃希望的苦苦追寻。

"晓镜但愁云鬓改，夜吟应觉月光寒。"对于女子来讲，早晨起来揽镜自照，但看愁云惨淡，头发都白了。"但愁云鬓改"，本来是满头的乌发，现在乌发之中已经有了白发。对于男子来讲，这种思念"夜吟应觉月光寒"。夜晚的时候一个人在院子里散步，吟咏着悲伤的诗句，心中涌起无限的痛苦，感觉到月光是如此寒冷。所以一个是"云鬓改"，一个是"月光寒"。为什么会有这样痛彻的体验？为什么这样的体验让两个人在生理和心理上都产生了如此巨大的变化呢？ 是因为对爱情的执着坚守与不肯放弃。

在诗的结尾，诗人又再次鼓起勇气说："蓬山此去无多路，青鸟殷勤为探看。""蓬山"，指的是神仙之地，在这里可能是隐喻对方所居之地。本来蓬山距离人间可谓千山万水，可是诗里又说"蓬山此去无多路"，看来这位有情人住得离自己并不远，他们地理上的距离其实很近，但又好似隔了千山万水，其中的难言之隐岂是他人所可知晓。怎么办呢？ "青鸟殷勤为探看。"青鸟本是神话传说中西王母的使者。作者说希望这首诗、这封信经由青鸟传递到你的手中，传递去我对你的思念。可见在诗的结尾处，诗人依然是满怀深情与期待。对作者来说，恨不能写无数首这样的《无题》，好似无数只青鸟一般，越过重重的关隘，越过重重的路途，能够到达有情人的身边，能够让她了解自己的一番深情。这种可见却不可道的痛苦，被李商隐描画得非常形象与深刻。

看似无题实有题

关于李商隐"无题"诗的主旨历来众说纷纭。有人认为"无题"诗是寄托诗人

仕途沉浮的心绪。李商隐早年父亲去世,家境贫寒,受到令狐楚、令狐绹父子的奖掖提携,终于考中进士,之后迎娶时任泾原节度使王茂元的女儿为妻。但麻烦的是,在中唐以后"牛李党争"的复杂政治局面里,令狐楚、令狐绹父子是"牛李党争"中"牛党"的要员,王茂元则是"李党"的骨干。于是,李商隐就成为"牛党"的门生、"李党"的女婿,这成为他仕途当中的巨大隐患,也是他一生仕途不达的一个重要原因。(《旧唐书》一九〇卷下)有学者认为,这些"无题"诗表达的就是李商隐在仕途上千回百折、低回彷徨、微妙而又无奈的心情。

也有学者认为,李商隐年轻时有过多次恋爱经历,他借助这些"无题"诗表达对过去所眷恋的那些女性的复杂心情,是对自己过往情事的追忆。因为他在人生道路和仕途中遇到了很多艰难,所以回想起以往的恋爱情事,不由得更增添了几分人生苦痛的况味。有更多学者认为,李商隐的这些"无题"诗,实际上是在表达自己对于社会、人生、仕途、情感那种恍惚不定的、凄凉的、没有前途的乃至有些绝望的人生体验。

李商隐这一辈子过得并不愉快,他的仕途可以说过得迷离恍惚,摇摆不定,毫无前途可言。就像他在《锦瑟》诗里说的那样,"此情可待成追忆,只是当时已惘然。"自己都觉得用一句话根本说不清楚,也不知道为什么落得这样的人生困境。所以他都没法给这些诗起一个题目,来明确自己到底要表达什么样的情感、什么样的主旨,只能说是"无题"。李商隐的这些以"无题"为主题的诗篇,在中国古典诗歌主题史中开辟了一个新的类型,之前有咏史、咏怀、感遇等主题,现在又出现了"无题"主题,而且看似无题实则有题,所有的人生况味、所有的情感体验都尽在其中。

除了这一首,李商隐还有几首"无题"诗也很著名。譬如:"昨夜星辰昨夜风,画楼西畔桂堂东。身无彩凤双飞翼,心有灵犀一点通。隔座送钩春酒暖,分曹射覆蜡灯红。嗟余听鼓应官去,走马兰台类转蓬。"像这样的诗,我们只要认真品味,就能感到它跟刚才讲的这首有异曲同工之妙。昨晚的微风与星辰,昨晚的经历,两个人的相会,言语无法沟通,也许是慑于某种不可言说的环境压力,只好说"身无彩凤双飞翼,心有灵犀一点通"。所有的沟通只能是内心的交流。"嗟余听鼓应官去,走马兰台类转蓬。"可叹啊,听到五更鼓应该上朝点卯;策马赶到兰台,像随风飘转的蓬蒿。眼前"隔座送钩""分曹射覆"的欢宴似真似幻,五更鼓声响起,似乎在提醒自己命运的漂泊不定与身不由己。

所有这些"无题"诗中,我们都深切地感觉到,作者在表达一种复杂情感:非常想见,难以相见;相见之后,难以言说;言说之后,也是徒然;还想再言,只恨万重蓬山。所以我们有理由认为,所有这些"无题"诗表达的是一种人生的艰难、人生的痛苦、人生的领悟。作者深陷仕途之困；妻子去世之后，有孤独之困，也有个性之困；再加上李商隐擅长写情，所有这些情感融入他的诗中，使他的诗焕发出巨大的光彩。从这个意义上讲，"无题"诗是中国古典诗歌中的一个创造，不仅是一种诗体的创造、主题的创造，更是一种抒情艺术的创造。也正是在这个意义上，李商隐的艺术成就可以比肩盛唐"李杜"，不愧是中国古典诗歌史上的一位大家。

第 24 课

李煜《虞美人·春花秋月何时了》：繁华落尽也是美

虞美人

[南唐] 李煜

春花秋月何时了？往事知多少。小楼昨夜又东风，故国不堪回首月明中。　　雕栏玉砌应犹在，只是朱颜改。问君能有几多愁，恰似一江春水向东流。

·选自《南唐二主词笺注·南唐后主李煜》（中华书局2013年版）。

李煜（937—978）

字重光，南唐中主李璟第六子，南唐后主，史称李后主。在位期间国运日衰，他既无兴国之力，又醉心声色，耽于诗词。降宋后不久即为宋太宗鸩杀。他精通音律书画，尤长于词，词风清新自然，语多白描而不减雅致。被俘入宋后，词作常寄寓家国变迁之慨，哀婉深沉，为后世传诵。新旧《五代史》、《宋史》有传，《十国春秋》有本纪，其词见后人所辑《南唐二主词》。

> **青春寄语**　李煜将巨大的悲情压缩进短小的词作里，密度之大，常人难以想象。但读者却并未感到过度的压力，反而在小楼昨夜东风的追忆中，感受着春花秋月之美。这是艺术的魅力：展示人生之美，也过滤生活之痛。

亡国之君的痛悔之词

这是大家耳熟能详的一首词，是李煜的代表作，也可能是李后主的绝命词。

"春花秋月何时了"，春花秋月本来非常美好，但作者却希望它早点结束。之前介绍的李煜几首词当中，他都在痛惜春天这么快就走掉了，用来暗喻无限江山从他的手中就这样轻易地失去。可现在他又希望春花秋月早早结束，因为这些美好的景物、美好的情事让他不由得想起往事，这些往事非但不能勾起他美好的回忆，反而让他无限地伤怀。

李煜是一个杰出的词人，但并非一个合格的君王。他治国不可与父辈比肩，还枉杀了不少谏臣。所以，"往事知多少"这一句，表达的恐怕不只是失去故国的悲苦和愤慨，也多多少少有些悔恨之意。春花秋月确实早该走了。"小楼昨夜又东风"——在《相见欢》中，李煜曾写道："无言独上西楼，月如钩。"每当登上小楼，倚楼独望，看到春花秋月的美好景象，不由得想起了江南故国，可偏偏"故国不堪回首月明中"。

这一轮明月让李煜想起了过去美好的时光，可是在对美好时光的回忆中，又不由得想到此刻身陷囹圄的自己。多么悲惨的身份，多么悲惨的当下！所以"不堪回首月明中"，想都不敢想，只要多想一分，就会多一分痛苦。"雕栏玉砌应犹在"，故国肯定还是在的，可是朱颜已改。不仅是"朱颜改"，恐怕早已是"天上人间"——过去的故国早已成为大宋的江山啊。小楼昨夜"又"东风,看来不止一次,而是很多很多次,作者把酒临东风,想起故国的山山水水,想起故国的亭台楼阁,可是早已物是人非。

想到这里,作者望着明月,触景生情,万千愁绪,夜不能寐。"朱颜"指的是自己的容颜,指的是宫中的红粉佳人,也是指过去一切美好的生活。在词中,作者不管对过去的日子有着怎样美好的回忆,也难以挽回现实情境的残酷。所以最后作者说:"问君能有几多愁,恰似一江春水向东流。"

千古名篇,绝命之词

从某种意义上来说,这首词也许算是李煜的绝命词。李煜降宋后,宋太祖、太宗优待他的生活,但从未在政治上放松监控。据说,宋太宗询问李煜旧臣徐铉,归宋后可曾见过李煜,徐铉说,我怎敢私下里偷偷去见他呢?太宗说,你但去无妨,就说是我让你去的。徐铉到了李煜居所,有一老卒守门,徐铉通报来意。老卒说,圣上有旨,不能随便见后主。徐铉说我是奉旨而来。老卒向内通报后,徐铉进入房内,在庭下立等后主多时。过了好一阵子,李煜穿着纱帽、道服走了出来。徐铉对他行君臣之礼,李煜走下台阶,握着徐铉的手,让他站起身来,说,到了今天怎么还行这样的礼呢?徐铉只好拉过椅子,偏过身子稍稍侧着坐下。李煜握着徐铉的手放声痛哭,哭后坐在那里长久沉默不语。过了一会儿,忽然长叹一声说,真是后悔当初杀了潘佑和李平。

潘佑和李平是南唐的两位大臣,潘佑上书李煜讥刺时政,说:"家国愔愔,如日将暮。"——咱们国家真是到了黄昏时分,就像太阳就要落山了。李煜对他非常讨厌。潘佑曾经推荐李平为官,李煜认为他们两个人是朋党,就把他们都杀了。(《十国春秋》卷二七)如今看到昔日旧臣徐铉,李煜说起这段往事,颇有悔恨之意。

不久,宋太宗问徐铉李煜都讲了什么,徐铉不敢隐瞒,只好一一道来。恰逢七夕节那天，李煜命歌妓唱他新作之词，其中有"小楼昨夜又东风，故国不堪回首月明中"和"一江春水向东流"之句，太宗听后大怒，认为李煜依然思念故国，用心不轨，于是送毒酒给李煜，李煜饮后即亡。据说酒中的毒药叫"牵机药"，人喝了之后身体抽搐、变形，死得非常痛苦。（宋·王铚《默记》卷上）

毫无疑问，李煜的人生是个悲剧。一朝堂上天子，荣耀至极；一夕阶下死囚，悲苦至极。也正是因为这种巨大的地位、思想和情感反差，使得李煜写出了像《虞美人》这样流传千古的篇章。这些词句为我们揭示出作者内心世界的巨大波澜，让我们看到一代君王零落成囹圄之臣的痛苦心情。王国维对李煜的词非常看重，说他的词"变伶工之词而为士大夫之词"。（《人间词话》）因为这些词真实地抒发了他彼时彼地的真切心境，而晚唐五代时期，许多士大夫的词作所因循的路子依然是男欢女爱、月下樽前的传统主题，也就是所谓的"伶工之词"。李煜虽然是亡国之君，但他的词情感真挚，抒写用情，语句天然，略无粉饰，家国之恨、亡国之痛尽在词中，是典型的士大夫之词，这正是李煜之词在词史上的重大意义。李煜在词史上的重大贡献，是以他人生的巨大悲剧为代价的，这不能不说是中国词史上的一个重大事件，也正应了欧阳修的那句话："然则非诗之能穷人，殆穷者而后工也。"（《梅圣俞诗集序》）李煜词真可以说是"穷"到了极点，但也"工"到了极处。

第 25 课

晏殊《浣溪沙·一曲新词酒一杯》：花园虽小，闲愁依旧

浣溪沙

［宋］晏殊

一曲新词酒一杯。去年天气旧亭台。夕阳西下几时回？　　无可奈何花落去。似曾相识燕归来。小园香径独徘徊。

· 选自《全宋词》（中华书局1965年版）。

晏殊（991—1055）

字同叔，临川（今属江西抚州）人。北宋著名政治家、文学家。自幼聪慧，十四岁以神童入试，赐同进士出身。官至同中书门下平章事，充集贤殿大学士兼枢密使，深得朝廷倚重，门下俊彦甚多。他工诗能文，尤长于词，其小令含蓄婉丽，雍容华贵，甚为时人称许。后世尊其为"北宋倚声家初祖"（清·冯煦《宋六十一家词选例言》）。《宋史》有传，有《珠玉词》行世。

青春寄语

这首词虽然是伤春惜时的老主题,但依然备受推崇——因为它透露出了士大夫特有的"闲愁"。既然是闲,又何来愁呢?其实闲愁不是愁,更多的是一种人生感慨。它未必遭遇痛苦、感事而发,只是在某个安闲的时刻,对时序、岁月、世事沧桑发表一点淡淡的领悟。

渲染氛围的上阕

这首词别有韵致。

"一曲新词酒一杯",唱一曲新词,饮下一杯美酒。词是音乐文学,有曲才有词,词因曲而生,所以也称曲子词,所以说"一曲新词"。这一句娓娓道来,轻松轻快,潇洒安闲,感觉就是在一场欢快的宴饮中,一曲新词自然而然地流出了心怀。唐代诗人白居易的《长安道》有两句说:"花枝缺处青楼开,艳歌一曲酒一杯",言语上与晏词有异曲同工之妙,但格调上显然晏词更胜一筹。

正是在这样的闲情雅致当中,却不期然地触发了诗人的一段记忆:"去年天气旧亭台",去年,也是这样的天气,也是这样的暮春时节,也是这样的亭台楼阁、轻歌曼舞美酒,一切似乎都没有改变,然而在一切如旧的氛围里,如果稍微再敏感一些,又似乎能明显感受到那一点点的不同——是的,那就是时光的渐渐流逝与内心的微妙变化,景物依旧而人事全非,怀旧之际又不免伤今。所以词人不由得发出"夕阳西下几时回"的感慨。"夕阳西下",是眼前之景;"几时回",是由眼前景引发的对于美好时光的无限眷恋,一语道尽了恋恋不舍的情怀,也道尽了对往日重现的无限期盼。晚唐诗人郑谷《和知己秋日伤怀》有两句说:"流水歌声共不回,去年天气旧亭台。"晏词或许受到启发。中晚唐诗人对宋词潜移默化的影响,由此可见一斑。

然而去年究竟是怎样的人事,怎样的美好,怎样的时光,词中却并没有具体道明,如果事事都样样落实,人人都一一道来,那也就没有上片所营造的美好意境了,须知这正是晏词的妙处,只是渲染氛围,并不涉及具体情事。

浑然天成的下阕

下片仍旧承接上片情绪,将情感融于景物之中:"无可奈何花落去。似曾相识燕归来。"这是在写暮春时节的景象,读来纯是口语,妙在对仗工整。"无可奈何"本来是市井俗语,"似曾相识"也是家常俚句,但是偏偏镶嵌以"花落去""燕归来",雅俗相谐,奇偶相对。一气贯通下来,诵读时毫无滞涩之感,声韵协调,流利畅达。就言辞上来说,的确是分外的工巧,但又看不出工巧的痕迹,倒好像是自然天成的一般,寓意又是格外的深婉透彻。要说这两句写来,诗人是多么的用心、用功、用力,竟然一丝一毫也感觉不到,好像就是随口吟出,不费力气,顺手拈来,又是十分精准,换掉一个字也不合适。这恰恰也是这首词的妙处,看似不着力,实则费尽了平生的功夫,用尽了布局的巧思。暮春时节,花儿渐渐凋零,春色渐渐衰飒,任何人也是无法挽回,只好眼睁睁地看着它飘落而去,纵然是万般不舍,也实在是无可奈何;但如果诗意就是这样一味地向下延伸,不免也太过令人失望,所幸的是,诗人依然还是看到了希望,看到了欣慰:"似曾相识燕归来",曾几何时的春日,春燕再次归来,依然还是少年,或许依然在你家屋檐下用春泥筑起爱的燕窝。这个貌似回忆的瞬间,也或许是真实的现在,都令人在过去与现在的时光循环里感受良多,沉思良多。正是在这个一去一来的瞬间,诗人似乎是领悟到了生命的某种真谛,至于真谛的具体内涵是什么,作者也没有说,其实也不须说,因为当诗人为我们展现了"无可奈何花落去,似曾相识燕归来"的场景与回忆的那一刻,每一个读到词句的人,都会拥有属于自己的那一段回忆与思考，都会领悟到属于自己的那一个人生的真谛。显然，真谛不只有一个，也不只是属于诗人或者某个特定的人，只要你有人生的体验，只要你拥有美好的回忆，只要你依然在时光里流转，在光阴里分享，在春秋时节里感受季节的变换，你就会拥有属于自己的真谛，而且是美好的真谛。也正因为如此，诗人只是说："小园香径独徘徊"，告诉读者，自己此时此刻写词的状态，也许很多读者读到这首词的时候，也不免要"小园香径独徘徊"，所以诗人索性就以此作为全词的结尾了。

  这首词，总的来说，气定神闲，神清气爽，透露出达官显宦的闲雅气质。这与作者晏殊本人的经历有很大的关系。晏殊是江西抚州临川人，临川人杰地灵，物华天宝，出了很多杰出人物，比如与晏殊同时代稍晚的王安石，还有明代的汤显祖等。晏殊聪明过人，七岁就能写很不错的文章。十四岁时，真宗皇帝特召他与千余名进士一起参加殿试。晏殊毫无怯色，从容应试，提笔成文，被赐予同进士出身。考核诗赋策论时，晏殊指出考核题目自己以前曾做过，请求另换题目，真宗因此特别欣赏晏殊的品质。(《宋史·晏殊传》)晏殊长期在朝担任翰林学士、礼部、刑部、兵部侍郎，以及参知政事、枢密使、同中书门下平章事等要职。他乐于奖掖后进，门生众多，范仲淹、王安石等均出自其门下，韩琦、欧阳修、富弼等都经他栽培、引荐得到朝廷重用。(《宋史·晏殊传》)晏殊担任重臣期间，国朝太平无事，所以晏词大多为娱宾遣兴、流连光景之作，风格温润秀洁、雍容典雅，语言清丽自然，音律婉转和谐，具有浓郁的士大夫气质。这首《浣溪沙》就是这方面的代表之作。

第 26 课

王安石《登飞来峰》：心高，才能看得远

登飞来峰

[宋] 王安石

飞来山上千寻塔，闻说鸡鸣见日升。
不畏浮云遮望眼，自缘身在最高层。

- 选自《王荆文公诗笺注》卷四十八（上海古籍出版社 2010 年版）。
- 飞来峰：即飞来山，位于今浙江省绍兴市。今名塔山，山上有应天古塔。
- 千寻塔：寻，古代丈量的单位，一寻约八尺。千寻塔并非塔名，说明塔高。

王安石（1021—1086）

字介甫，号半山，临川（今属江西抚州）人。北宋著名政治家、文学家。在宋神宗支持下推行改革变法，史称"王安石变法"。晚年封荆国公，世称王荆公。他诗文词兼擅，早期诗作关注民生，刻露直切；晚年诗风趋于含蓄，注重炼字炼意，世称"王荆公体"。其文简洁峻切，长于论辩，为"唐宋八大家"之一。其词意境空阔苍茫，为宋代豪放词派先声。《宋史》有传，有《临川先生文集》行世。

青春寄语　　王安石是个志向非凡的人，当年不过一个小小的县令，却能说出"自缘身在最高层"这样的话，胸中自然有万千丘壑。所以，心高，才能看得远；心的高度，决定了人生的格局。

摒弃虚名，抱负远大

这首诗写于宋仁宗皇祐二年（1050）夏天。这一年，王安石在鄞县（今属浙江宁波）知县的任期已满，回老家江西临川，途经越州（今属浙江绍兴）时写下了这首诗。当时诗人正值三十而立之年，胸中抱负已非常人所可想象。

"飞来山上千寻塔，闻说鸡鸣见日升。"诗的头两句说，诗人来到越州，登上飞来峰，站在飞来峰千寻高塔纵目远望，听见雄鸡一唱，看到太阳东升，天下尽在视野之中。这两句诗为后两句埋下了伏笔。"不畏浮云遮望眼，自缘身在最高层。"我不怕往来浮云会遮住视野，因为我站在最高的位置上。在古代诗歌中，"浮云"意象常常暗喻奸佞小人以及生活中的困难和阻力。这两句诗气魄很大，表达了作者高远的志向与理想，以及无惧危险的决心。王安石后来位至宰相，主持改革变法，真可以说"身在最高层"。可是写这首诗的时候，诗人还只是一个县令，所以这里的"最高层"只是个比喻，表明诗人志向高远，不担心"浮云遮望眼"。那么，王安石为什么有底气说出"自缘身在最高层"这样的话？

首先，王安石才华出众，卓尔不群，对世俗虚名不感兴趣。宋仁宗庆历二年（1042），王安石荣登进士第四名。其实，按照本来名次，他是位列第一的，王珪位列第二，韩绛位列第三，杨寘位列第四。当时，杨寘夺状元的呼声很高。

进士试后，杨寘问哥哥杨察状元的得主，杨察又问岳父宰相晏殊，得知状元并非杨寘。杨寘正在酒馆与朋友们喝酒，听到这个消息，拍案而起，说了句粗话："不知那个卫子夺吾状元矣！""卫子"在宋代口语中指的是驴，意思是："不知哪个毛驴把我的状元夺走了！"可巧宋仁宗最后定夺名次时，对王安石试卷里使用的一个典故不很满意，但第二、第三名考生均为在职官员，按规定不能得状元，于是就确定第四名杨寘为状元，王安石反而被列为第四名。王安石对此事的态度，据记载："荆公平生未尝略语曾考中状元。"（宋·王铚《默记》卷下）

那么，王安石对待进士考试究竟是什么态度呢？王安石回江西抚州老家探亲时曾写了一首诗，诗云："属闻降诏起群彦，遂自下国趋王畿。刻章琢句献天子，钓取薄禄欢庭闱。"（《忆昨诗示诸外弟》）在王安石心中，进士考试没那么神圣庄严。无论是第一还是第四，都不过是为了钓取俸禄，让家人开心。那王安石看重的是什么呢？还是在这首诗中，诗人写道："此时少壮自负恃，意气与日争光辉。……材疏命贱不自揣，欲与稷契遐相希。"我年龄虽然不大，但是胸怀壮志，想要跟太阳比一比光芒；我虽然才疏学浅，可在我内心里，也想要成为尧舜时代稷、契那样的千古能臣。

原来在王安石心里，科举考试只不过是漫长人生道路中的一个过程，没有必要为了第一、第四这种事大动肝火。他的目标是要做与日月争辉的伟人，要做天下数一数二的能臣。所以宋人才评论他说："其气量高大，视科第为何等事而增重耶！"（宋·王铚《默记》卷下）跟杨寘那种患得患失的态度相比，确实是一个天上一个地下。

志向高远，脚踏实地

其次，王安石志向高远，意在做大事做实事，不求做大官。进士试后，王安石曾任淮南节度判官厅公事，按照朝廷规定，凡进士试取得甲科者，只要在外地任职满一年，便可向朝廷呈献述作，就能在馆阁中谋得一个职位，负责编撰、整理图书典籍，也承担部分政策咨询工作。（《宋史·选举志二》）按照当时的惯例，年轻官员任职馆阁，是未来走向宰相这一类高官的进阶之路。王安石完全符合申请这些职位的条件，但他主动放弃了。史书记载："旧制，秩满许献文求试馆职，安石独否。再调知鄞县……"（《宋史·列传第八六》）他去鄞县做了四年知县，这一年他二十五岁。皇祐三年（1051）二月，王安石又被任命为舒州（今属安徽潜山）通判。到了四月份，宰相文彦博上书朝廷，请求提拔王安石到中央做官。理由是，王安石淡泊自守，人才难得。朝廷的态度也很明确："召王安石赴阙，俟试毕，别取旨。"请王安石赶紧来参加相关考核，然后立刻就位。但王安石依然婉拒了，他的理由是：第一，祖母年纪大了，需要有人照顾；第二，父亲还没有归葬老家；第三，弟弟妹妹到了婚嫁年龄。这三条归结为一条，就是来京城花销太大，难以承担。（《王安石年谱三种》）

舒州通判三年任期又满。这一次朝廷下旨，命王安石直接就任集贤院校理，负责整理皇家典籍。但王安石连上四道辞呈谢绝。理由是：第一，祖母、兄嫂都去世了，办丧事花费不小，进京为官经济压力大；第二，我反复推辞不做京官，别人以为我是欲擒故纵，讨价还价，如果我此次答应进京，等于承认自己在讨价还价；第三，请朝廷不要再强迫我进京，匹夫不可夺志，朝廷不听我的意见，但也不能强迫我听朝廷的，希望朝廷收回成命，还是让我去地方做官。（《王安石年谱三种》）

其实，综合考察王安石的任官轨迹与为官业绩，可以看出，王安石之所以一再拒绝去京城做官，要求留在基层地方，也许主要不是因为经济原因，而是有他自己的思考。具体说来，第一，州县虽小，县积而郡，郡积而天下，郡县治，则天下无不治，在地方为官，就是在为治理天下积累经验；第二，在地方做主官，可以贯彻自己的思想，突破条条框框，大胆放手工作，工作有成效；第三，在地方做主官，可以接触最底层的民众，了解民生，制定最适用的政策。总之，王安

王安石《登飞来峰》：心高，才能看得远

不畏浮云遮望眼 自缘身在最高层

宋人王安石诗句 癸卯秋 康震

石之所以在三十多岁以小小县令的身份便有底气说出"不畏浮云遮望眼,自缘身在最高层"这样的诗句,与他卓越的才华、高远的眼光、宏伟的志向,以及不同流俗的胸怀有直接的关系。也正是因为拥有非凡的见识、胸怀与积累,他才能够在日后主持变法大局,积极推行改革大业。

第27课

苏轼《饮湖上初晴后雨》(其二)：天才的想象

饮湖上初晴后雨（其二）

[宋] 苏轼

水光潋滟晴方好，山色空蒙雨亦奇。
欲把西湖比西子，淡妆浓抹总相宜。

·选自《苏轼诗集》卷九（中华书局1982年版）。

苏轼（1037—1101）

字子瞻，号东坡居士，眉山（今属四川）人。北宋著名文学家、书画家。曾因"乌台诗案"、新旧党争数次被贬。他兼擅诗文词，影响深远。其文纵横恣肆，无不尽意，与欧阳修并称"欧苏"，同为"唐宋八大家"；其诗师法诸家，清新豪健，与黄庭坚并称"苏黄"；其词放达旷远，开豪放一派，与辛弃疾并称"苏辛"；又与父洵、弟辙合称"三苏"。其达观豪迈的人格风范对后世影响深远。《宋史》有传，有《苏轼诗集》《苏轼文集》《东坡乐府》行世。

> **青春寄语** 将西湖比作西施,绝对是天才的想象。这两者间本来毫无关系,但天才的诗人就是如此,总能从"无"生出"有"来,总能突破传统的习惯思维。西湖的雨,宛如淡妆西施;西湖的晴,宛如西施妆浓。

吟咏西湖的奇绝一笔

《饮湖上初晴后雨》是苏轼描摹西湖美景的七绝,共两首,这是第二首,写西湖美如西施,"淡妆浓抹总相宜"。第一首则状西湖朝霞晚雨之美。这两首诗作于苏轼杭州通判任上。苏轼此时刚刚三十七岁,精力旺盛、思维敏捷,积累了比较丰富的创作经验,正是写出精品佳作的好时机。

我们欣喜地发现,曹植、王勃、李白、李贺、苏轼、辛弃疾等这些著名诗人,他们的代表作往往是在比较年轻时创作出来的。从这个角度来看,一部中国古代诗歌史,至少应该有半部可以称为"青春诗歌史"。《饮湖上初晴后雨》就是这样的"青春之作",它将敏捷的才思、西湖的奇景完美融合一气,是苏轼创作史上瑰丽的一笔,也是历代欣赏西湖、吟咏西湖、想象西湖的奇绝一笔。

"水光潋滟晴方好",正是晴天,阳光下细小的水纹在湖面上起伏,泛着点点金光。这句诗的主题字是"晴",晴天的西湖,真美。"山色空蒙雨亦奇",西湖周围没有什么大山,也就是一些平缓起伏的丘陵,正如辛弃疾在《水龙吟·登建康赏心亭》中所写的"玉簪螺髻"一般的丘陵。山色空蒙,烟雨朦胧,这句诗的主题字是"雨",雨中的西湖风光绮丽,别有一番风味。三、四句"欲把西湖比西子,淡妆浓抹总相宜",西湖,不管天晴时还是下雨时,都像西施,不管淡妆时还是浓妆时,都永远那么美丽。按理说,西施的故事发生在太湖,与西湖一点关

系也没有，但苏轼却将西湖比作西施，而且将西施的淡妆浓抹比作西湖的天晴雨时，的确是天才的手笔。

自从有了这首诗，其他一切写西湖的诗都可以不看了。就好像写庐山瀑布，李白一首《望庐山瀑布》（二首其二）就足够了；写庐山全貌，苏轼一首《题西林壁》就足够了；写西湖，这一首诗也就足够了；写中秋节，苏轼一首《水调歌头·明月几时有》就足够了。这就是经典的魅力，以一当十，一首诗、一首词就写尽了神韵。

疏浚西湖的美学改造

西湖的这份美，来之不易。十几年后，苏轼又来到了西湖，这次他的职务是杭州知州。此时西湖的水域因为种种原因正在萎缩，也面临污染。对杭州百姓而言，西湖不仅是一处风景名胜，更是经济生活的重要来源。于是苏轼决心疏浚西湖，重现西湖的美丽。

首先要处理西湖里的淤泥。苏轼调集劳力挖出湖中淤泥，并利用这些淤泥在湖里筑起一道连接南北的长堤，堤宽五丈、长八百八十丈，堤上筑桥，将西湖分为内湖和外湖。这道堤岸既解决了堆放淤泥的问题，又方便了南北两岸居民往来。苏轼还部署在西湖堤岸遍植垂柳，让这条堤岸完美地融入西湖的景观中，成为我们今天看到的西湖十景之一——"苏堤春晓"。

疏浚西湖绝非一劳永逸之事，每年仍需花费大量人力、物力清淤。苏轼于是将近岸的湖面租给农民种植菱角——种菱需要及时清淤除草，维护水域清爽。这样一来，既免去了专人疏浚湖水的费用，又解决了农民的生计问题，租金还可以用于西湖的养护。为了防止种植菱角过盛，苏轼又命人在湖心筑了三尊石墩，规定石墩圈出的水域内禁止种植。这三尊石墩演变至今，就成为我们熟知的"三潭印月"。

这就是苏轼，既是一位负责任的官人，也是一位洋溢着浪漫主义气息的文人。他治理西湖，既满足了老百姓对美好生活的向往，又满足了一个诗人对美好景致的向往。他对西湖的改造，既是一次生活的改造，也是一次文学和美学的改造。我们要为苏轼点赞，为他在工作中的实干精神与审美态度点赞。

第 28 课

苏轼《题西林壁》：庐山也会思考

题西林壁

〔宋〕苏轼

横看成岭侧成峰，远近高低各不同。
不识庐山真面目，只缘身在此山中。

· 选自《苏轼诗集》卷二十三（中华书局1982年版）。

> **青春寄语**
>
> 苏轼写庐山，首先想到的必然是李白。李白写庐山瀑布，的确当得起青春之歌。潇洒飘逸，响落天外，一时无两。东坡智慧，另辟蹊径，由香炉飞瀑转向西林之思。其实，反躬自省本来也是写山水的应有之意，更是青春少年要做的功课啊！

游历庐山的小结

这首诗可谓家喻户晓，很多人在小学时就背诵过。它用最常见的汉字，串连起最普通的词语，表达最简单的道理，所以被千万人记住。可以说，只要认得汉字，就能读懂这首诗。不过我想提醒大家，它的背后其实隐藏着很多密码。要真正读通、读透这首短小精悍的小诗，还需要破解一个又一个的密码。

题目里的"西林壁"指庐山西林寺的墙壁。庐山脚下有东林寺、西林寺两座寺庙，这首诗是苏轼题写在西林寺墙壁上的，所以叫作《题西林壁》。宋神宗元丰七年（1084），苏轼被贬黄州第五年，宋神宗觉得苏轼到底是个人才，应该善待他，于是亲自下诏令，量移苏轼到河南汝州，依然任团练副使，依然不得签署公事。量移是指皇帝恩赦被贬官员，改善他的任职状况。汝州与黄州相比，距离汴京更近了，条件也好得多，这是神宗对苏轼释放的善意。苏轼四月离开黄州，随之先后两次登上庐山。在《自记庐山诗》这篇文章里，他简略记述登上庐山的过程。刚登上庐山时，看到山谷奇秀，都是生平从未见过的奇绝景观，发誓不写诗，因为自然山川就是最好的诗。但这怎么可能呢？苏轼的名气太大了，他一到山里，大家就都知道大文豪、大诗人苏轼来了，纷纷请他题诗。苏轼虽然在政治上翻了船，被流放贬谪，但在文坛上依然声名

第28课
苏轼《题西林壁》：庐山也会思考

不识庐山真面目，只缘身在此山中。

宋人苏轼诗句
癸卯春 唐宸

显赫。这一写，就刹不住了，在庐山上前后游赏十余日，诗也写了十几首，庐山的方方面面都写到了。

这首《题西林壁》应该是苏轼游历庐山结束时所写，也是对这次游历活动的一个小结。他说："横看成岭侧成峰，远近高低各不同。"横看是山岭，侧看是山峰，远近高低，参差各异，各有千秋。"不识庐山真面目，只缘身在此山中。"因为总是在庐山里面转来转去，看到的只是庐山的一个局部和侧面，所以始终无法看清庐山的全貌和真面目。这四句诗虽然简单，内涵却极为深刻。它启发我们，只有跳出自我，超越自我，站在更广阔高远的高度，才能更好地认识自我，了解真相，洞察事物的全貌。问题是，苏轼去过的名山大川多了，这一次游历庐山十几天，看得也够周全了，为什么最后还会得出"不识庐山真面目，只缘身在此山中"这样的结论？这与他被贬黄州前后的经历有什么必然联系吗？

开启新的人生法门

想当初，苏轼因为不满王安石变法，招致"乌台诗案"，被贬黄州。这一时期他所作的诗词，总在追问自己的人生，追问自己的价值："长恨此身非我有，何时忘却营营。"（《临江仙·夜归临皋》）人生烦恼多啊，感觉自己并不属于自己，那属于谁呢？不知道。什么时候才能忘却这世间的蝇营狗苟呢？政治斗争、流放、贬谪，使得诗人厌倦了现实，恨不能一走了之："小舟从此逝，江海寄余生。"不如浮游江海之外，从此忘记烦恼人生。在《卜算子·黄州定慧院寓居作》中，作者写道："缺月挂疏桐，漏断人初静。谁见幽人独往来，缥缈孤鸿影。　惊起却回头，有恨无人省。拣尽寒枝不肯栖，寂寞沙洲冷。"他将自己比作一只孤独的大雁，在惊慌失措中飞翔，留下了孤独的身影，透露出贬谪流放带给他的心灵伤害。在《后赤壁赋》当中，苏轼写他夜游赤壁，看见一只仙鹤掠过江面，晚上梦见一个道士经过他的窗前，给他作揖，问他在赤壁是否快乐。苏轼想问他的姓名，道士却不回答。苏轼恍然大悟，原来这个道士就是从他身边飞过的仙鹤。苏轼追问道士的身份，其实也是在追问自己的身份。这种对身份的不确定感，反映了流放和贬谪生活带给苏轼的困扰。不过苏轼好像很快就走出了困扰，在《定风波》中说："竹杖芒鞋轻胜马，谁怕？一蓑烟雨任平生。""回首向来萧瑟处，归去，也无风雨也无晴。"苏轼好像认定了人生的方向，那就是不管天晴还是下雨，自己都会坚定不移地向前走。

我们之所以不厌其烦地罗列苏轼黄州时期的诗词，就是想说明苏轼的庐山感悟不是孤立的，是有缘由的，也许正来自他黄州五年时间里的人生反思与总结。庐山之游后，苏轼送长子苏迈赴任饶州德兴县尉，途经湖口，与苏迈夜访石钟山。在《石钟山记》中他指出，关于石钟山山名的由来，郦道元在《水经注》中语焉不详，李渤的考察更是不得要领，此后的读书人更不可能亲自到现场来考察。如今，他与苏迈亲自来到石钟山考察，终于揭示出石钟山得名的真相，可见，要获得真相，就一定要深入实际调查研究。

庐山的真相、石钟山的真相、变法的真相、"乌台诗案"的真相、黄州的真相、人生的真相……世间的真相到底是什么？怎样才能更接近真相？苏轼在经历了一系列的人生磨难与沉淀之后，肯定会深入思考这些问题。这些思考无论对于苏轼还是对于当时的北宋政局，都是意味深长的。

离开庐山，苏轼沿江东下，拜会了闲居江宁（今属江苏南京）的王安石。在与王安石朝夕相处一个多月后，他对这位往日的政治对头有了更为深入、真实的认识。总之，宋神宗元丰七、八年间，历经政治风波的苏轼和王安石，也许已经在某种程度上开始走向和解，或者说走向和解性的默契。这对于苏轼今后的政治立场、仕途经历产生了深刻的影响。

十六年后，宋哲宗元符三年（1100）六月，苏轼结束了在海南岛的贬谪流放生活，乘船渡海回到大陆。当晚，他写了一首《六月二十日夜渡海》，最后两句说："九死南荒吾不恨，兹游奇绝冠平生。"年过花甲之年，我被流放到荒凉的海南儋州，虽然经历九死一生，但我并不悔恨，因为我看到了平生从未见过的奇绝景观。这就是六十五岁的苏轼对自己海南人生的总结。同样，《题西林壁》似乎也是年近五旬的苏东坡对自己黄州人生的总结，对未来岁月的期待，至少，这为他之后更达观、更淡定地看待人生，开启了新的法门。

第29课

李清照《夏日绝句》：虽曰小女子，实乃大丈夫

夏日绝句

[宋]李清照

生当作人杰，死亦为鬼雄。
至今思项羽，不肯过江东。

·选自《重辑李清照集·诗》（中华书局2009年版）。

李清照（1084—1155？）

号易安居士，济南（今属山东）人。两宋之际著名女词人。少年即有诗名。与丈夫赵明诚情意甚笃，致力金石书画收藏。早期词作灵秀明快，感情真挚；靖康之变后国破夫亡，词作多悲叹家国身世，情调哀婉悲怆。其词善用白描，语言清丽，世称"易安体"；其诗慷慨雄健，长于咏史议论。生平散见《宋史》李格非传、赵挺之传，及相关诗话、笔记，有《漱玉词》行世。

> **青春寄语**
>
> 易安居士总给人一种文弱纤细的感觉。许多人只是沉浸在她的《声声慢》(寻寻觅觅)、《如梦令》(昨夜雨疏风骤)、《醉花阴》(薄雾浓云愁永昼)中,却不知易安也有金刚怒目的一面。唯其思力深沉,发语锐利,方有林下之风,丈夫之气,故而刚柔并济,自成一派,蔚为大观。

婉约才女的雄壮之诗

这首《夏日绝句》一点都不像是女性的作品,我觉得它比男性的诗篇更有男子气概。

"生当作人杰",做人,就要做人中豪杰。据《史记·高祖本纪》记载,汉高祖刘邦曾对他的几位开国功臣张良、萧何、韩信做出评价:"此三者,皆人杰也。吾能用之,此吾所以取天下也。"这三个人都是人中豪杰,我善于运用他们的才华,所以我能取得天下。"人杰"的说法较早就出自这里。"死亦为鬼雄",死了也要做鬼中的英雄。"鬼雄"最早出自屈原的《九歌·国殇》:"身既死兮神以灵,子魂魄兮为鬼雄。"人的肉体虽然死亡了,但还有魂魄,魂魄依然是鬼神中的英雄。从"生当作人杰,死亦为鬼雄"这一句,我们可以看出李清照的价值观。一个人活在世上,就要活成英雄,活成豪杰,具体来说,就要活成项羽那样:"至今思项羽,不肯过江东",就像西楚霸王项羽一样,活出他的英雄气概来。

据《史记·项羽本纪》记载,项羽逃到乌江边,乌江的亭长把船划过来,劝他道:"江东虽小,地方千里,众数十万人,亦足王也。愿大王急渡。今独臣有船,汉军至,无以渡。"江东面积虽然小,但也有千里沃野、数十万众,足以称

第29课
李清照《夏日绝句》：虽曰小女子，实乃大丈夫

> 生当作人杰
> 死亦为鬼雄
> 至今思项羽
> 不肯过江东
> 易安居士夏日绝句 辛丑 康震

王，成就霸业。请大王赶紧渡江，江上只有我这一条船，汉军就算追到这里，也无法渡江。项王笑曰："天之亡我，我何渡为！且籍与江东子弟八千人渡江而西，今无一人还，纵江东父兄怜而王我，我何面目见之？纵彼不言，籍独不愧于心乎？"老天爷要灭我，我渡江又有什么用！况且我当初率江东子弟八千人渡江而西，现在没有一个人活着跟我回去，即使江东父老怜惜我，拥戴我为王，我又有何颜面见他们？就算他们不责备我，我的心里难道不愧疚吗？——项羽重视气节，宁可做一个悲剧式的英雄，也不愿苟活于世。可见，李清照心目中的人杰、鬼雄，就是项羽。

她对项羽的期待与唐代诗人杜牧恰恰相反。杜牧《题乌江亭》诗云："江东子弟多才俊，卷土重来未可知。"假如项羽当初渡过乌江，很可能会东山再起，卷土重来。与杜牧的诗相比，李清照的这首诗更有壮怀激烈的英雄气概。在李清照看来，项羽正因不肯过江东，慷慨悲壮地直面死亡，方才显示出他顶天立地的人格尊严。在一般人的印象里，李清照似乎是一个只能写"昨夜雨疏风骤，浓睡不消残酒""帘卷西风，人比黄花瘦"的纤纤弱女子，其实她不仅有婉约之情，还有雄壮之气和非凡的历史洞见力。这种洞见力造就了她诗词中不同凡响的思想境界，呈现出时而豪放、时而婉约的美学风貌。在靖康之变的历史背景下，"至今

思项羽，不肯过江东"是有所指的，她是借项羽大无畏的英雄形象来嘲讽每临大战就缩头缩脑、苟且偷生的宋朝官员和将领。

巾帼不让须眉的奇女子

宋钦宗靖康二年（1127），北宋王朝在金兵的沉重打击下迅速瓦解，徽宗、钦宗父子二人以及大批臣民都被金兵掳掠北去。康王赵构率领一帮臣僚仓皇南逃，他们先逃到扬州，后来渡江逃到临安（今属浙江杭州），又逃到越州（今属浙江绍兴）、明州（今属浙江宁波），最后确定临安为行在，终于可以苟安一时了。这与项羽宁死不肯过江东的气概相比，形成鲜明反差。然而，具有讽刺意味的是，就在李清照写下这首壮怀激烈诗篇的时候，她身边就出现了一个贪生怕死的典型人物——她的丈夫赵明诚。

宋高宗建炎三年（1129），赵明诚出任江宁（今属江苏南京）知府。彼时，有一名将领率京城部队驻扎在江宁，意欲图谋不轨，谋反作乱。当地一位将官得知这个消息，迅速报告赵明诚。按照常规，赵明诚应该立刻严查、制止这起谋反事件。可事情就是这么巧，他恰好收到朝廷派他赴任湖州知州的调令。赵明诚手握一纸调令，对待这起紧急事件的态度居然是：我已不再是江宁知府，所以江宁的事件应当由我的后任来解决。尽管这位后任尚未到任，赵明诚尚未离开江宁，但他却对这起即将发生的谋反事件毫不理会。

那位向他汇报的将官看赵明诚不予理睬、毫无作为，只好自己采取行动。在他的精心部署之下，叛军不战而遁。第二天天亮之后，这位平叛的将官去拜见赵明诚，汇报平叛事宜，却无比震惊地发现，赵明诚早已不知去向。原来，前一天晚上，赵明诚和另外两位官员从城墙放下绳索，攀绳下城、逃出城外，弃城而去。（《建炎以来系年要录》卷二〇）前面他说自己是湖州知州，不在此位不谋此政，顶多是推托敷衍，也就算了。可是现在面临叛乱，却连夜翻出城墙逃遁而去，这种行为简直可以说卑鄙无耻、猥琐丑陋。说到这里，我们都得叹一口气：李清照怎么摊上这样的丈夫？收藏金石字画文物、相濡以沫、相知相伴的时候，赵明诚与李清照情投意合，赵明诚无疑是优秀的学者、文物收藏家鉴赏家，也是一个好丈夫，但从这起事件来看，他绝对不是一个有能力和责任心的合格官员。北宋王朝每年为庞大的官僚群体支出巨额的钱粮，但面临内忧外患之际，这个官僚群体的表现却令世人扼腕痛恨，赵明诚就是一个明证。

赵明诚因为渎职，被朝廷罢了官。在李清照的笔下，我们看不到她对丈夫的所作所为有任何议论与评价。我们了解李清照的价值观，她是一位个性耿直、爱憎分明、善于分辨是非曲直的奇女子。但在男尊女卑的古代社会，她又能怎样评价政治人格猥琐的丈夫呢？宋高宗的南宋小朝廷对金国一味忍辱退让，军事上又节节败退，许多官员在动乱面前丧失斗志，正所谓上梁不正下梁歪。以李清照一介女流，她又能说些什么呢？

但李清照在这首诗中鲜明地展示出了自己的价值观，让我们看到这位奇女子不同寻常的眼光和心胸。其实无论是在少女时代还是在晚年，李清照都曾写过不少反映政治的诗篇。这些诗篇不仅对历史有独到的见解，对现实也有深刻的感悟。宋代大儒朱熹曾经称赞道："如此等语，岂女子所能？"（《朱子语类》一四〇卷）我想，正是这种独到的见解和独立的思想，使李清照成为中国古代最杰出的女作家，甚至不让须眉，称雄一时。

第 30 课

杨万里《小池》：小的，往往是最美好的

小　池

［宋］杨万里

泉眼无声惜细流，树阴照水爱晴柔。

小荷才露尖尖角，早有蜻蜓立上头。

·选自《杨万里集笺校》卷七（中华书局2007年版）。

杨万里（1127—1206）

字廷秀，号诚斋，吉州吉水（今属江西）人。南宋著名诗人。他力主抗金，反对议和。其诗初学江西诗派，后由师法前人转向师法自然。善于捕捉自然、生活中饶有兴味的场景，语言平易诙谐，别有生趣，创造了新鲜活泼、独具特色的"诚斋体"。为南宋"中兴四大诗人"之一。《宋史》有传，有《诚斋集》行世。

| 青春寄语 | 这一眼泉流，是那么的温柔；这一枚荷叶，是那么的羞怯；这一只蜻蜓，是那么的顽皮。这简直是一个童话的世界：在呵护里一点点睁开娇憨的眼，在疼爱里一次次迎来轻柔的吻，在嬉戏里一阵阵发出欢快的笑。|

富有童趣的初夏诗篇

杨万里的这首七言绝句富有童趣，很多人还以为这是一首儿歌呢。

这首诗的核心在于两个字，一是"小"字，二是"爱"字。诗里写到的所有事物和景象，都显得那么小，那么轻柔，那么可爱。一个小小的泉眼，无声无息地渗出涓涓细流；一小片树荫，投在水面上，柔波里明暗斑驳；刚露出水面的小小荷叶，打着卷儿，露出尖尖一小角，一只小小蜻蜓，立在上头……四句诗突出的首先就是"小"，让人感觉玲珑剔透，小巧天真，活泼可爱。

细读整首诗，"泉眼无声惜细流"，一个"惜"字，化无情之物为有情之思。岩石上的泉眼只露出了一点点缝隙，泉水只能一点点流出。在诗人眼中，泉眼就像妈妈一样怜惜地抱着泉流，千分小心，万般关爱，舍不得让泉流奔涌而出，而是让它缓慢地、一点一滴地流淌出来。这一瞬间，泉眼和泉流之间竟仿佛母子情深一般。泉眼和泉流之间当然不可能有情感，有情感的是杨万里，在杨万里眼中，大自然处处都充满了爱，充满了情感。

"树阴照水爱晴柔"，小池旁边有几棵树，浓浓的树荫遮住了强烈的阳光，小池的水波那么轻柔、温顺。细流、树荫、小池，诗人对周围的一切都感到饶有趣味，兴味盎然。"爱晴柔"三个字让初夏时节在诗人的笔下有了万般柔情。

三、四句更是颇有意趣："小荷才露尖尖角，早有蜻蜓立上头。"初夏时节，

> 泉眼无声惜细流，
> 树阴照水爱晴柔。
> 小荷才露尖尖角，
> 早有蜻蜓立上头。
>
> ——诚斋《小池》
>
> 辛丑冬 康震

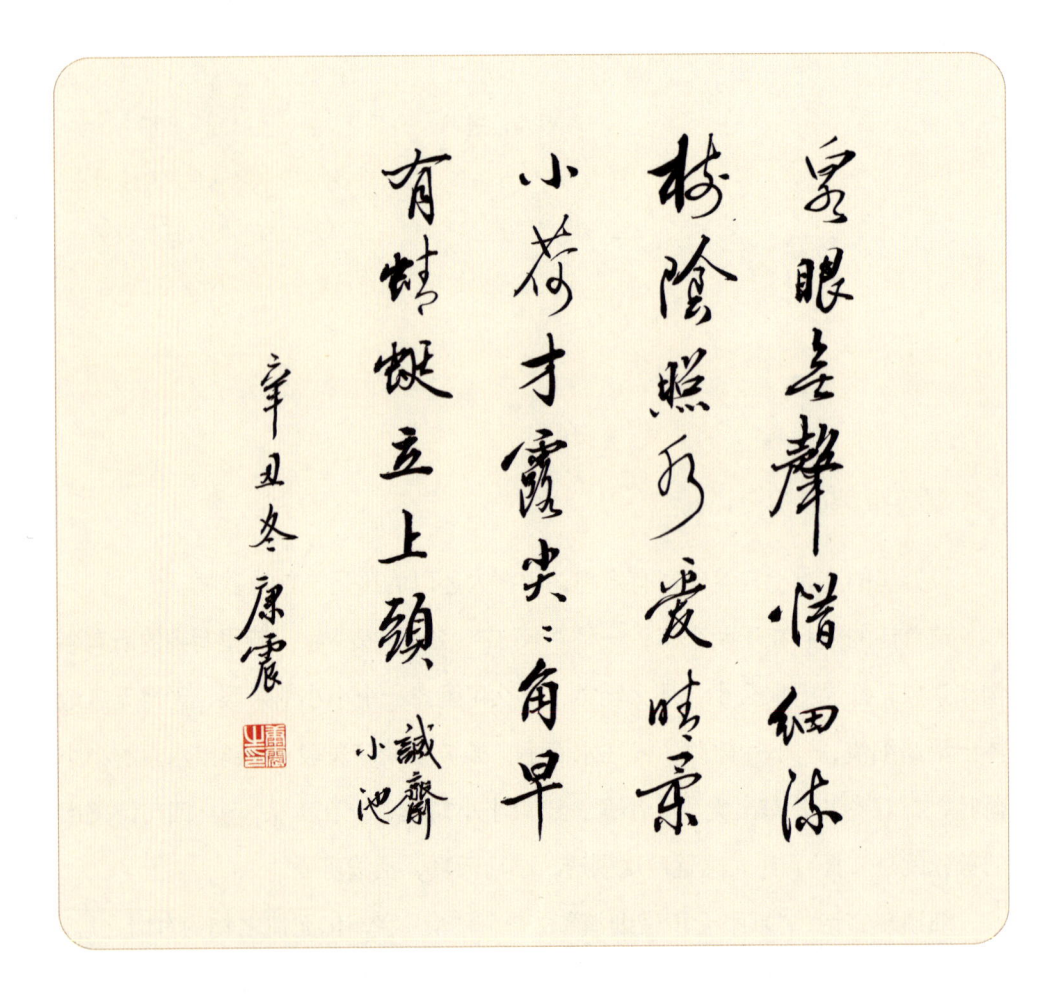

新生的荷叶质地柔嫩，蜷缩成一个卷儿，两端便形成了"尖尖角"。等到再成熟一些的时候，荷叶就会舒展开来——这时正好有一只小小的蜻蜓停下来，调皮地立在角上，颤颤巍巍。诗人捕捉到了瞬间的景象，这一幕蕴藏着勃勃的生机和盎然的天趣。

生机与意趣兼具的诗人

　　杨万里擅长写景，尤其是瞬息变化中的景象。宋代诗人陈与义说："忽有好诗生眼底，安排句法已难寻。"（《春日》）杨万里就很善于安排好句法，如写重峦叠嶂:"正入万山围子里,一山放出一山拦。"(《过松源晨炊漆公店》)群山在他笔下好像顽皮的孩子在捉迷藏,生动活泼。又如:"初疑夜雨忽朝晴,乃是山泉终夜鸣。流到前溪无半语,在山做得许多声。"(《宿灵鹫禅寺》)诗人住在寺庙里,听到夜里似乎有雨,但早上起来才知道,原来是山中泉水响了一夜。诗人顺流而行,发现泉水在山间流淌欢唱,流入小溪后却沉默无语。

这些诗句都充满生机,又蕴含寓意,透露出某种别样的人生意趣,被人称作"诚斋体"。"诚斋"是杨万里的书斋名。宋高宗绍兴二十九年(1159),杨万里任永州零陵(今属湖南)县丞。当时抗金名将张浚正好蛰居永州,杨万里前去拜访,张浚勉励他要正心诚意,并给他的书房起名诚斋。

杨万里是南宋"中兴四大诗人"之一。他最初写诗多师法前人诗句,又好以典故入诗,这就是"江西诗派"所谓的"点铁成金""夺胎换骨"的诗法。后来他终于明白,写诗最终还是应拜大自然为师,用他自己的话来说就是:"步后园,登古城,采撷杞菊,攀翻花竹,万象毕来,献予诗材。"(《诚斋荆溪集序》)我在后园散步,登上古城,采撷菊花,攀翻花竹,自然万物都是诗材。用现代的话来说,作诗应该突破前人桎梏,在敏锐的艺术思维与鲜活的自然界之间实现无缝对接。姜夔曾诙谐地打趣杨万里的诗:"年年花月无闲日,处处山川怕见君。"(《送朝天续集归诚斋时在金陵》)由于自然景致在杨万里诗中出现的频率实在是太高了,它们都怕见杨万里,因为只要杨万里一开始写诗,自然山川就要忙活起来,就没有安闲的好日子啦。

第 31 课

辛弃疾《清平乐·村居》：如诗如画农家乐

清平乐·村居
[宋] 辛弃疾

茅檐低小，溪上青青草。醉里吴音相媚好，白发谁家翁媪？　大儿锄豆溪东，中儿正织鸡笼。最喜小儿亡赖，溪头卧剥莲蓬。

·选自《稼轩词编年笺注》卷二（上海古籍出版社1993年版）。

辛弃疾（1140—1207）

字幼安，号稼轩居士，历城（今属山东济南）人。南宋著名词人、爱国将领。生于金国，早年参与耿京起义，后回归南宋，在多地任官。他力主抗金，遂屡遭劾奏，数次退隐上饶山居。其词题材广泛，抒发爱国情怀、忧国情思是重要主题。词风沉雄豪迈、细腻柔媚，擅长用典并化用前人诗文入词。与苏轼并称"苏辛"。《宋史》有传，有《稼轩长短句》行世。

青春寄语

农家的生活，总与茅屋、田地、林木相伴，日出而作，日入而息，仿佛一万年都不会有什么变化。然而，就在这日常里，诗人却发现了"醉"，发现了"相媚好"，发现了"白发翁媪"，还有那个无赖"小儿"，宁静的田园瞬间充满了诗意，这也许就是诗词的力量，总能赋予平凡生活以诗意的气息。

栩栩如生的乡村风俗画

这首词的题目叫《村居》，作于宋孝宗淳熙十四年（1187）前后，当时作者居住在江西上饶带湖，这首词就是一幅有声有色、栩栩如生的乡村风俗画。

词的内容很简单。"茅檐低小"，茅草屋又矮又小。"溪上青青草"，茅屋附近有一条小溪潺潺流过，溪水两边长满了碧绿的青草。一共只有九个字，却描画了好几个景：一座小茅屋，一条小溪流，两边青青草……恬淡朴素的乡村生活，这还只是村景，村人呢？马上登场。

"醉里吴音相媚好"，"吴音"，即上饶口音。春秋战国时期，上饶属于吴国，所以称之为吴音。"白发谁家翁媪"，"翁"，老头儿；"媪"，老太太。一对白头发的老头儿老太太，亲亲热热地坐在一起，舒舒服服地喝了一点小酒，喝得有点醉醺醺的，细细碎碎地说着话，好温馨，好亲热，好恩爱。一个"媚"字很有讲究，老夫老妻幸福的乡村生活，就这样跃然纸上，惹人艳羡不已。

老夫妻喝多啦，拉家常呢，孩子们呢？"大儿锄豆溪东"，大儿子是家里的主要劳动力，正在溪水东边的豆田里除草哩，这是家里的核心产业；老二呢，年纪稍微小一些，到地里干农活有点够呛，所以"二儿正织鸡笼"，做做手工活，

> 最喜小儿亡赖，溪头卧剥莲蓬
> 宋人词句　康震癸卯

这是家里的延伸产业；老大、老二都在劳动，最小的三儿子却啥活也没干，他在干吗呢？"溪头卧剥莲蓬"，一个人躺在溪水边的青草地上，正在那儿剥莲蓬吃。这倒好，老大老二干活，老三却在吃零嘴儿，这不是成了小无赖了么？应该训斥、上家法！作者也承认他是无赖，但却用了"最喜小儿亡赖"这一句。"亡赖"者，无赖也；"亡""无"通假。既然是无赖，怎么会是"最喜"呢？难道还有最讨人喜欢的无赖么？当然有。在这里，"亡赖"指的不是游手好闲的泼皮，不是毫无用处的草包，不是蛮横无理的刁民，而是有点儿顽皮、有点儿调皮、有点儿天真、有点儿蛮不讲理的小可爱、小讨厌，谁让咱家老三还小呢？他哪儿懂得干农活呀？只懂得玩耍、吃零嘴儿，就是这个小无赖、小可爱，偏偏成了乡村生活最温馨、最有趣的一幕。

一张一弛的生活之道

你看，乡村生活多幸福：老夫老妻秀恩爱，老大、老二勤劳作，老三玩得最开心——这就是乡村生活的节奏。这首词字数不多，可是仅"溪"字就重复出现了三次："溪上青青草""大儿锄豆溪东""溪头卧剥莲蓬"，可见这条溪水就是全家人的生活内容、生活重心，连续三次使用"溪"字，也使得全词画面布局紧凑，不会流于散点，具有结构性的功能。

说到"大儿锄豆溪东，中儿正织鸡笼。最喜小儿亡赖，溪头卧剥莲蓬"，这种老大、老二做事，老三却在休闲的叙述结构，并非辛弃疾的创造，汉代早已有之。比如汉乐府《长安有狭斜行》："大子二千石，中子孝廉郎。小子无官职，衣冠仕洛阳。"老大、老二分别有二千石、孝廉郎等官职、待遇，只有小儿子没有一官半职；他们的老婆也是如此："大妇织绮纻，中妇织流黄。小妇无所为，挟琴上高堂。"大嫂、二嫂都在纺织，只有最小的媳妇在高堂上弹琴。与此类似的还有《相逢行》："大妇织绮罗，中妇织流黄。小妇无所为，挟瑟上高堂。"

这种独特的叙述方式，当然是一种文学话语模式，但它展示的其实也是一张一弛的生活之道。紧张的、严谨的劳动生活，宽松的、轻快的休闲生活，从来都是幸福生活的两个方面。这首词里的农家三子，也许是生活的真实，也许只是文学的真实，也许是这两者的结合，总之，重要的在于，辛弃疾用这种独特的方式为我们展示出生动有趣、温馨安逸的乡村生活，并极大地拓展了苏轼创制的乡村词格局，对古代乡村词题材、古代词史的发展影响深远。

第32课

文天祥《过零丁洋》：生命已逝，名留史册

过零丁洋
[宋] 文天祥

辛苦遭逢起一经，干戈寥落四周星。
山河破碎风飘絮，身世浮沉雨打萍。
惶恐滩头说惶恐，零丁洋里叹零丁。
人生自古谁无死？留取丹心照汗青。

- 选自《文天祥诗集校笺》卷十（中华书局2017年版）。
- 一经：一种经书，泛指儒家经籍。"起一经"指依靠精通儒家经籍而被起用做官，即通过科举考试进士及第当选朝廷官吏。
- 寥落：一作"落落"，形容多而连续不断的样子。

文天祥（1236—1283）

字履善，又字宋瑞，号文山，江南西路吉州庐陵县（今属江西吉安）人，南宋政治家、文学家。元军南下，他奉诏勤王，起兵抗元，都督诸路兵马。兵败被俘后囚禁在元大都，誓死不屈，慷慨就义。其诗记录了起兵抗元、从容就义的曲折艰辛的心路历程，包括著名的《过零丁洋》《正气歌》，悲怆激奋，充满忠义情怀、英雄气概，堪称"诗史"。《宋史》有传，有《文山先生全集》行世。

第32课 文天祥《过零丁洋》：生命已逝，名留史册

青春寄语　南宋灭亡了，但因为文天祥的存在，这个王朝从孱弱的历史影像里走出，展现出它硬朗不屈的铮铮铁骨。历史的烽烟早已散去，但文天祥依然挺立在民族的地平线上，成为跨越时空的民族精神标识。

气壮山河的终极回答

要了解这首诗的内涵，首先必须了解文天祥抗击元军的经历。

宋度宗咸淳十年（1274），度宗病逝。元朝军队渡过长江，一路南下，所向披靡。南宋官员、将领逃的逃，降的降，元军很快就夺取了鄂州、黄州、蕲州、江州、德安等大片城池、土地，国都临安危在旦夕，朝廷上下惊慌不已。太皇太后被迫颁发《哀痛诏》，想用赵宋王朝数百年的所谓"德泽教化"聚合人心，想用勋名爵位激励各地将领率军勤王保驾。然而，各地官员眼看元军锋芒锐利，无心无力抵抗，有的更是打算投降元军，在元朝谋个一官半职。诏书下达后，真正起兵响应勤王号召的，只有文天祥和张世杰二人。

宋恭帝德祐元年（1275）正月，文天祥传檄各路，招兵买马，很快建立起一支抗元队伍。但实事求是地讲，以南宋王朝当时的实力，根本不是元军的对手，更何况文天祥刚刚建立的这支军队了。但文天祥还是毅然挺身向前，担负起抗元的重任，可见他早已抱定了为国赴死的决心。第二年，文天祥以右丞相兼枢密使的身份与元军谈判，不料却被元军扣留，之后一路押解北上。到达镇江后，文天祥找准时机成功逃脱。这一段传奇的经历被他写入诗中，这就是文天祥的《脱京口》十五首：《定计难》《谋人难》《踏路难》《得船难》《绐北难》《定变难》《出门难》《出巷难》《出隘难》《候船难》《上江难》《得风难》《望城难》《上岸难》《入

城难》。仅从诗题就能看出这次虎口逃生一路上的种种艰难险阻，真是太难了！

但文天祥并没有被艰难与危险吓倒，他继续召集军队抗击元军。宋端宗景炎三年（1278）十二月，文天祥在广东海丰北五坡岭不幸被俘。宋少帝祥兴二年（1279），元军押解文天祥经过零丁洋（又名伶仃洋，今属广东珠江口外），他写下这首诗。到崖山后，元军将领张弘范让文天祥写信招降固守崖山的张世杰、陆秀夫等人，文天祥拿出这首诗表明心志，张弘范对他不由得肃然起敬。

"辛苦遭逢起一经，干戈寥落四周星。"第一句是说自己当年科举及第，高中状元，仕途一路走来，历经坎坷。第二句是说自己从起兵"勤王"到五坡岭被俘，四年来辗转征战，出生入死，但终究难以挽回南宋小朝廷持续败落的颓势。"山河破碎风飘絮，身世浮沉雨打萍。"这几年中，年仅九岁的宋端宗在逃难途中染病而亡，年仅八岁的卫王赵昺在陆秀夫等大臣的拥立下，在崖山坚持抗战。此时此刻的南宋江山，真如风中的败絮一般支离破碎。其实，就在诗人这首诗写下不久，宋少帝祥兴二年（1279）二月初六，陆秀夫就背着赵昺投海殉国，南宋从此灭亡。国家危难，大厦将倾，身陷囹圄的诗人，老母病故，妻妾被囚，长子丧亡，岂不就是无根的浮萍，在暴雨的侵袭下，飘零在无边的水面？

"惶恐滩头说惶恐，零丁洋里叹零丁。"惶恐滩，原名黄公滩，在今江西万安县赣江之中，是赣江十八滩之一，水流湍急，甚为险要，人们乘船渡滩十分惊恐，所以又称"惶恐滩"。宋端宗景炎二年（1277），文天祥在空坑（今属江西吉水附近）兵败退守福建，途经惶恐滩。想当年苏轼贬官岭南，经过惶恐滩，就曾发出"地名惶恐泣孤臣"（宋·苏轼《八月七日初入赣过惶恐滩》）的感慨。对于"壮心欲填海，苦胆为忧天"（宋·文天祥《赴阙》）的文天祥而言，此时此刻，在零丁洋里，兵败、被俘、家亡、国破百感交集，万千慨叹涌上心头，怎么能不惶恐？怎么能不感到孤苦伶仃？

但是，不管有多少失败的情绪，不管有多么悲苦孤独，不管死亡的威胁是多么巨大，文天祥依然是那个浩气长存、舍生取义、以死报国的英雄汉，他说"人生自古谁无死，留取丹心照汗青！"这是面对历史、面对现实、面对死亡、面对未来的终极回答，真是惊天地、泣鬼神，振聋发聩，气壮山河！

天地间有浩然正气

元世祖至元十六年（1279）十月初一，文天祥被押解到元大都（今属北京市），到至元十九年（1282）十二月初九，他英勇就义，被囚禁了三年二个月零九天。其间，元朝先后派出早已降元的南宋官员前来劝降，都被文天祥拒绝了。在狭窄污浊的土牢里，他写下了荡气回肠、令人扼腕的《正气歌》："天地有正气，杂然赋流形。下则为河岳，上则为日星。于人曰浩然，沛乎塞苍冥。皇路当清夷，含和吐明庭。时穷节乃见，一一垂丹青。"天地之间自有浩然正气，赋予万物不同的形态。在下就是高山大川，在上就是日月星辰，在人间就是浩然之气。它充塞在天地寰宇之间，国运昌明之时，它就是朝政清明，安泰祥和；时运艰危之时，它就是气节忠贞，为国捐躯，伟大的英雄们丹青永在，名垂千古。

在《正气歌序》中，文天祥描绘了土牢囚室的恶劣环境：囚室八尺宽，四寻（古代丈量单位，八尺为一寻）深，单门矮小，木窗短窄，低洼阴暗。夏天暴雨，屋里雨水满溢，浮起床几；雨后污泥蒸熏，浊水恶臭；天气暴热，檐下有人烧柴做饭，更是酷热难耐；仓库腐粮堆积，霉气令人窒息；囚徒杂处，腥臊熏臭，厕所、腐尸、死鼠更是秽气杂糅。(《文天祥诗集校笺》)仅仅是这样一段文字，就令人难以卒读，更何况文天祥以羸弱之躯，在这样非人的环境里居然生存了两年时间，居然无恙！到底是什么在支撑着他？他自己说："是殆有养致然尔。然亦安知所养何哉？孟子曰：'吾善养吾浩然之气。'彼气有七，吾气有一，以一敌七，吾何患焉！况浩然者，乃天地之正气也！"(《正气歌序》)这大概是因为修养使然吧！何以知道所修养的是什么呢？孟子说："我善于培养我心中的浩然之气。"这囚室里有七种污浊之气，我只有一种气，我的一种气可以敌过那七种气，我担忧什么呢！博大刚正的，正是天地之间的凛然正气啊！

舍生取义的千古英雄

除了《正气歌》，文天祥在狱中还写下了二百首《集杜诗》。集杜诗是一种集句诗，就是选取杜甫各类诗歌中的成句，重新拼合成一首完整的诗歌。这种作诗之法特别能展示作者的学识与才华。文天祥的集杜诗全部为五言绝句。比如《思故乡》："天地西江远，无家问死生。凉风起天末，万里故乡情。"这四句诗分别出自杜甫的《夏日杨长宁宅送崔侍御常正字入京》《月夜忆舍弟》《天末怀李白》《江楼夜宴》，虽然出自不同诗篇，但四句诗融合无间、浑然天成，表达了文天祥思念亲人、眷怀故乡的悲怆之情。文天祥为什么要写集杜诗呢？在《自序》中，他作出了明确的回答：凡是我想表达的，杜甫都先我表达了……他与我遥隔数百年，诗句却为我所用，说明我们性情相通！人们称杜诗为诗史，因为杜诗实录如史，并寓抑扬褒贬于其中。自我颠沛流离以来，世事变化，人事蹉跎，也尽在这两百首诗当中。(《文天祥诗集校笺》)可见，他写集杜诗就是要仿效杜诗，写成千古不朽的诗史，彰显仁义之心、爱国情怀与报国之志！

元世祖忽必烈非常欣赏文天祥的才华、品质。至元十九年（1282），忽必烈亲自劝他入仕元朝，但文天祥只求一死。彼时南宋已亡三年，但文天祥依旧气节不改，宁死不降！当初，元大将张弘范劝他投降，说：你的国家已亡，你作为丞相也已经尽忠尽孝了，如果能够以事宋之心侍奉元朝皇上，也会做到宰相。文天祥回答说：国亡无力救国，作为臣子死有余罪，又怎么敢苟且偷生而存有二心呢？(《宋史·文天祥传》)他英勇就义后，妻子来收殓遗体，在文天祥衣带里发现他写下的一段遗言：孔子说杀身成仁，孟子讲舍生取义，只有将道义做到极致，仁德才能到达极致。读圣贤书，所学的是什么呢？无非是成仁取义之事，从今而后，问心无愧了。(《宋史·文天祥传》)这就是文天祥，这就是中华民族的英雄！

第33课

马致远《天净沙·秋思》:寥寥数笔,秋思绝唱

天净沙·秋思

[元]马致远

枯藤老树昏鸦,小桥流水人家,古道西风瘦马。夕阳西下,断肠人在天涯。

· 选自《全元散曲》(中华书局1964年版)。

马致远(1250?—1321?)

号东篱,大都(今属北京)人。早年慕功名,中年曾入仕,晚年归隐田园。元代著名杂剧家、散曲家,人称"曲状元",与关汉卿、白朴、郑光祖并称"元曲四大家"。所作杂剧十五种,今存七种,涉及历史、神仙道化题材,多抒写家国衰败之痛与悲凉的人生感受,有批判现实意义。作品长于心理刻画,抒情意味浓厚,语言清丽本色,意境清隽高妙,对后世文学影响深远。生平事迹见《录鬼簿》《太和正音谱》《元曲选》等。有《东篱乐府》行世。

青春寄语

有人称这首小令为"秋思之祖",意谓将秋思之情写到极致了。其实,说是"秋思之祖",不如说是"秋思之集成"。这首小令的每个字、每个词、每个句子、每组意象,可以说是集秋思之金字、金句、经典意象之大成。可见,集成有时也是一种创新、创造。

秋思之祖

每当人们说起"乡愁""秋思",很自然地,脑海里就会浮现出马致远的《天净沙·秋思》。仅仅二十八个字,便写尽了浪迹天涯的游子思乡情切的千般思量、万般惆怅。你看,黄昏时分,干枯的藤蔓缠绕着苍老的大树,瘦弱的枝干上栖息着刚刚归巢的乌鸦。小桥下,流水潺潺,旁边稀稀落落几户人家。在古老荒凉的道路上,秋风萧瑟,一匹疲惫的瘦马驮着游子艰难前行。夕阳向西缓缓落下,天涯尽头,肝肠寸断,人生孤旅,有家难归,岂不痛哉!

古典诗词的基本单元是意象,意象的标识性很强,不同的意象代表着不同的情绪、不同的内涵、不同的象征。比如看到"对酒当歌"(汉·曹操《短歌行》),就会想到生命苦短,依然壮志凌云;看到"明月几时有"(宋·苏轼《水调歌头·明月几时有》),就会想到相聚多么宝贵,离别亦不必感伤;看到"金戈铁马"(宋·辛弃疾《永遇乐·京口北固亭怀古》),就会想到戎马征战,豪情依旧;看到"暗香盈袖"(宋·李清照《醉花阴》)就会想到有情人难以聚首,相思难耐;等等。从某种意义上来说,意象就是诗词的血肉、筋脉,是诗词最鲜明的象征符号。

《天净沙·秋思》之所以被称作是"秋思之祖"(元·周德清《中原音韵》),就因为它将古诗词最典型的悲秋意象都集合在了一起,并进行了创造性的自由组合,很像我们小时候玩的拼积木,将各种悲秋意象进行了一次重新的拼接,生成了一重又一重新的境界。枯藤、老树、昏鸦、小桥、流水、人家、古道、西风、瘦马、夕阳、断肠人、天涯,这每一个词组都有自己独特的内涵,都有属于自己的一个小小的传奇故事,它们之间的重新组合就是十二个故事、传奇的重新组合。枯藤、老树、昏鸦,是残山剩水,营造的是衰飒、沉郁、迷茫的氛围;小桥、流水、人家,是江南风情,营造的是忧伤、惆怅、孤独的氛围;古道、西风、瘦马,是塞北荒漠,营造的是苍凉、凄迷、无助的氛围;断肠人在天涯,这仿佛是走到了世界的尽头,再向前多走一步,就将坠入天涯的另一边,坠入万丈深渊。

浅显如水,雅致洒脱

这十二个诗词意象,我们都似曾相识,大多数都曾在不同的诗词里相遇。比如枯藤:"云敛石泉飞险窦,月明山鼠下枯藤。"(唐·贯休《宿赤松山观题道人水阁兼寄郡守》)比如老树:"老树呈秋色,空池浸月华。"(唐·刘得仁《池上宿》)比如昏鸦:"独鹤归何晚,昏鸦已满林。"(唐·杜甫《野望》)比如小桥:"小桥飞断岸,高花出迥楼。"(北周·庾信《咏画屏风诗二十四首》其五)比如古道:"古道松声暮,荒阡草色寒。"(唐·司空曙《哭王注》)比如瘦马:"瘦马恋秋草,征人思故乡。"(唐·刘长卿《代边将有怀》)等等。

在这些诗词中,枯藤与明月、石泉、飞云,老树与月华、空池,昏鸦与独鹤、归晚,小桥与断岸、迥楼,古道与松声、荒阡彼此映衬,相互照应,进一步营造出远远超出那些单个意象所呈现的氛围。当然,文学艺术作品都是代代传承的,任何原创的作品,都有它的源头,有流转的传承,《天净沙·秋思》也不例外。我们看到,金代人董解元《西厢记》中有一曲《赏花时》:"落日平林噪晚鸦,风袖翩翩吹瘦马,一径入天涯,荒凉古岸,衰草带霜滑。瞥见个孤林端入画,篱落萧疏带浅沙。一个老大伯捕鱼虾。横桥流水,茅舍映荻花。"(金·董解元《西厢记诸宫调》)再比如元代无名氏小令《醉中天》:"老树悬藤挂,落日映残霞。隐隐平林噪晓鸦。一带山如画，懒设设鞭催瘦马。夕阳西下，竹篱茅舍人家。"（隋树森编《全元散曲》）很显然，《赏花时》《醉中天》《天净沙》之间，在意象、结构、意境等各个方面均有相似相近之处，但《天净沙·秋思》显得尤为淳朴、自然、精练，这主要是马致远天才的艺术创造力使然。

马致远是元代数一数二的戏曲、散曲大家。他曾与元曲作家李时中、元剧艺人花李郎等组织"元贞书会"，被推举为"曲状元"。马致远少时家庭富有，饱读诗书，接受了良好的文化熏陶，曾一度热衷功名，后出任江浙省务提举，晚年退隐田园。后世尊称马致远、关汉卿、郑光祖、白朴为"元曲四大家"。他的小令清丽本色，画意具足，意境高妙。特别擅长截取引人入胜的一个瞬间，以生动、活跃的散曲语言略加点染，在读者面前呈现出一幅栩栩如生的画面。他的语言浅显如水，明白如话，善于化用前人诗句，又极为雅致，呈现出摇曳多姿、飘逸洒脱的特点。所有这些，都在《天净沙·秋思》中得到了充分的体现。

第34课

王冕《墨梅》（其三）：水墨的梅，清白的心

墨梅（其三）
[元] 王冕

我家洗砚池头树，个个花开淡墨痕。

不要人夸好颜色，只留清气满乾坤。

· 选自《王冕集》（浙江古籍出版社2012年版）。

王冕（1287—1359）

字元章，号竹堂，别署饭牛翁、会稽外史、煮石山农、梅花屋主、江南野人等，诸暨（今属浙江绍兴）人。元末著名书画家、诗人。他出身贫寒，自学成才，科举不第后曾漫游吴楚、大都，晚年隐居会稽。他擅长绘画，尤长于画梅。其诗刚健质朴，有愤世嫉俗之慨，多反映元末社会的尖锐矛盾，题画明志之作尤为世人称道。《新元史》《明史》有传，有《竹斋集》行世。

青春寄语	世上有红梅、黄梅、白梅，却没有墨梅。墨梅以淡墨渲染点缀而成；枝干横逸，花朵幽独，无红梅之夺目，白梅之素净，黄梅之绚烂，却自有一种神清骨秀的超然态度，散淡自在，翰墨留香，令人低回流连，不胜钦服。

别开生面的墨梅之诗

元末人王冕的这首诗，有几个不同的版本，除了刚才这个文字版之外，还有一个题画版："吾家洗砚池头树，个个花开淡墨痕。不要人夸好颜色，只流清气满乾坤。"所谓题画版，就是题在画上的诗。北京故宫博物院藏有王冕的《墨梅图》，图上所题《墨梅》诗便是这首。与文字版相比，题画版主要有两处不同：一是"吾家"而非"我家"，但差异不大；二是"只流清气满乾坤"而非"只留清气满乾坤"。前者重点在于流动，让你想到"暗香浮动月黄昏"，是一种飘逸灵动的美；后者重点在于停留，让你想到"零落成泥碾作尘，只有香如故"，是一种崇高悲壮的美。

古代诗歌在流传过程中出现不同的版本，原因大体有两种：一是作者本人在修订中做了修改，导致前后作品出现差异；二是后世在抄录、流传过程中出现误差，或流传者有意无意对原作做了修改。版本差异多的作品，往往是流传较广、读者比较喜爱的名篇佳作。

"我家洗砚池头树，个个花开淡墨痕。"洗砚池是个典故。据说东晋大书法家王羲之苦练书法，常常在水池里洗砚台和毛笔，天长日久，居然将池水都染黑了。王冕家中倒确实有个水池，他又与王羲之同姓，所以说"我家洗砚池"，真是巧妙的借用！梅花的花色主要有红色、白色、黄色等几种，却没有所谓的墨色。为什么王冕洗砚池边的千株梅花朵朵绽放的都是淡淡的墨痕呢？因为洗砚池中墨色浓，染得墨梅朵朵开啊！不是红梅、白梅、黄梅，而是墨梅，这就是王冕的梅花，也是有个性、有风采、有内蕴的梅花！

"不要人夸好颜色，只留清气满乾坤。"关于红梅，宋人王十朋《红梅》诗云："桃李莫相妒，天姿元不同。犹余雪霜态，未肯十分红。"通篇都是在写红梅的色彩，但彰显的却是红梅傲霜斗雪的风采，面对桃李之妒淡定从容的态度，"未肯十分红"更是点睛之笔。关于白梅，宋人王安石的《梅》诗云："墙角数枝梅，凌寒独自开。遥知不是雪，为有暗香来。"通篇也是在写白梅的色彩，但彰显的却是白梅凌寒独放的风骨、暗香袭来的格调。那么面对自家独特的墨梅，如何盛赞其墨色呢？这真是个大大的难题，因为世间本无墨梅，自然也就无从赞起呀！不过，这难不倒王冕，他之所以发明了墨梅，发明的重点就不在颜色、不在外形，而在于气质、品格与境界，诗人说："不要人夸好颜色，只留清气满乾坤。"墨梅的精神与特色在于"清"的品格，这个内涵真是太广大了，可以是清新、清朗、清澈、清香、清幽，也可以是清纯、清明、清空、清雅、清雄。总之，这一股清气在天地乾坤间流转流淌，让人间复归清纯清真，让人心复归清明清净，这大概就是诗人创造墨梅的本意吧？朵朵墨梅，花开无痕，不须人夸，只凭我说。这不就是墨梅独有的傲骨、傲气、清气么？也是墨梅的独立自主之气：我的色彩我做主，我的气质我做主，我的命运我来定；不管风吹雨打，自有我主张。不能不说，墨梅的造型气质本来已经足够独特，墨梅之诗更是别开生面，独具一格，让我们大开眼界。

与众不同的高洁人生

那么，王冕究竟是一个怎样的人，他又为什么会写出这样一首诗来？王冕是浙江诸暨人，出身农家，自幼酷爱读书，常常因为读书忘了放牛被父亲责打，也常常孤身一人在寺庙佛像前，就着长明灯读书到天亮。他胸怀大志，意欲进身仕宦，安邦治国。无奈理想丰满，现实骨感，科场考试，不幸名落孙山。王冕从此绝意仕进，他乘船过江，进入江淮楚湘之地，游历名山大川，与豪侠奇才饮酒赋诗，纵论古今豪杰故事，抒发慷慨悲愤之情。有朋友欣赏他的才华，想要推荐他做官，他却说，我有田可耕，有书可读，难道整天抱着卷宗站在官府里，被人奴役么？他常常住在一座小楼上，有客人来了，门童通报，他让客人爬上楼去，客人才可以上去。还有不少官员想要见他，王冕要么避而不见，要么再三推辞，刻意与官场保持距离。（《明史·列传第一七三》）

　　据史料记载，王冕的装扮很特别，他常常戴着高高的帽子，披着绿蓑衣，踩着高高的木屐，佩戴木剑，在街市中且行且歌。有时候，穿着这身衣服，他会坐在牛背上，优哉游哉地看着书。黄牛驮着他在前面慢悠悠地走，一大群看热闹的人紧紧跟在后面。还有一次，王冕穿着这身奇装异服，赶着牛车，车上坐着他的母亲，乡间的男女老少都来看热闹，以为王冕神经不正常。但王冕全然不以为意，悠然自得，神情自若。用我们现在的话来说，他的表现简直就是行为艺术展示，可是王冕为什么要这样做呢？

　　他的装扮也许让我们想起另一个人，就是屈原。在《涉江》中，屈原曾这样描述自己的装扮："余幼好此奇服兮，年既老而不衰。带长铗之陆离兮，冠切云之崔嵬。被明月兮佩宝璐。世溷浊而莫余知兮，吾方高驰而不顾。"意思是：我从小就喜欢这奇异的服装，年纪虽长这种喜爱也从不曾减退。屈原的装扮是怎样的呢？腰间挂着长长的宝剑啊，头上戴着高高的切云帽，身上披挂着串串夜明珠啊，还佩戴着上好的美玉。诗人为什么要如此奇装异服呢？因为要表现得与众不同，不同流俗，要以这样的装扮表现自己的高洁理想与人格，要以这种方式与黑暗的现实与流俗小人划清界限：世道混浊啊没有人了解我的内心，但是我依然高视阔步，毫不理会这混乱的世事。

　　或许，王冕的所作所为，真有模仿屈原之意。他略显夸张的装扮，是在表明自己孤高傲岸的人格，也在表达对现实社会的不满。他有不少诗篇，深深同情百姓困苦的生活："谪仙倦作夜郎行，杜陵苦为茅屋赋。只今村落屋已无，岂但屋漏无干处？ 凋余老稚匍匐走，哭声不出泪如注。谁人知有此情苦？"（《秋夜雨》）对于官府的暴行则给予揭露和批判："课额日以增，官吏日以酷。不为公所干，惟务私所欲。田园供给尽，蹉数屡不足。前夜总催骂，昨日场胥督。今朝分运来，鞭笞更残毒。"（《伤亭户》）

独立的思想、人格，一定要有独立的经济生活来支撑。未入仕途的王冕，他的经济来源又是什么呢？ 据记载，王冕带着妻儿隐居在诸暨九里山，将自己的茅屋取名梅花屋。他在那里置办了不少田产，主要种植豆类、粟米、芋头、薤头、韭菜，还养了上千条鱼，种了上千棵梅花，几百棵桃树、杏树。他是极负盛名的画家，擅长画梅，画梅之中又尤其擅长墨梅。当时向他求画的人很多，他就以画卷的长短决定需要多少米来换。有人讥笑他卖画为生，他说："我用这个来养活自己罢了！ 你以为我喜欢给别人画画吗？"清代小说《儒林外史》写王冕卖画的故事，说有人花二十四两银子买王冕二十四幅花卉册页，这当然是小说家言，未必可信，但至少说明王冕的画在当时市场价值不菲。所有这些，应该就是他维持生计的来源，也是他经济独立的基础。（《明史·列传第一七三》）

王冕曾模仿《周礼》写了一卷书，随时带在身上，不给别人看。到了深夜就拿出来读，然后摸着书说："只要我不死，拿着这本书遇上明主，就可以像伊尹、吕尚那样达成千秋功业啊。"（《明史·列传第一七三》）说到底，他内心深处还是有功业之志的，只是生不逢时，无法施展罢了。《墨梅》表彰的是高洁的人格与境界，这与王冕一生的言行、品格是一致的，也是他的自我写照、自我期许。他的为人、他的诗歌、他的画作都充溢着这种清新脱俗、壮大开阔的气派，他所书写的墨梅精神也早已成为中华民族宝贵的精神财富。

第 35 课

纳兰性德《长相思》：婉约词家的边塞气派

长相思

[清] 纳兰性德

山一程，水一程，身向榆关那畔行，夜深千帐灯。

风一更，雪一更，聒碎乡心梦不成，故园无此声。

· 选自《饮水词笺校》卷二（中华书局2005年版）。

纳兰性德（1655—1685）

字容若，号楞伽山人，满洲正黄旗人，权相纳兰明珠长子。清代著名词人。自幼饱读诗书，殿试二甲第七名，赐进士出身。先后选授三等侍卫、一等侍卫，深得康熙皇帝恩遇。他个性多愁善感，喜好结交名士。其词真挚自然，清丽婉约，格高韵远，备受后世推崇。《清史稿》有传，有《通志堂集》《饮水词》行世。

第35课

纳兰性德《长相思》：婉约词家的边塞气派

青春寄语 　纳兰身上有诸多令人难解之处。他贵为权相之子，却率真多情，仗义疏财，喜欢结交文人贤士；他侍卫帝王左右，却毫无骄横之气，笔下哀婉清丽，令人一唱三叹。身份与性情的冲突，性情与才华相得，造就了纳兰词的辉煌，也成就了他在人们心中永恒的记忆。

温婉笔触下的关塞情怀

《长相思》为唐教坊曲名，曲调名源自《古诗十九首·孟冬寒气至》之诗句"上言长相思，下言久离别"。唐宋以来词家用此调多写男女相思相恋之情。比如白居易的《长相思·汴水流》、李煜的《长相思·一重山》、冯延巳的《长相思·红满枝》、林逋的《长相思·吴山青》，等等。

纳兰性德这首《长相思》，跳出传统的婉约窠臼，从边塞亲身经历出发，以温婉、健朗的笔触书写漫漫长夜千里关塞故园情怀，别具一番新的境界。正如前人所论："纳兰小令，丰神迥绝……尤工写塞外荒寒之景，殆扈从时所身历，故言之亲切如此。"（清·蔡嵩云《柯亭词论》）

这首词的写作有个特殊背景。康熙二十年（1681）冬，朝廷平定了长达八年的三藩之乱。第二年三月，为了告慰先祖神灵、彰显大清武威、安定天下人心，康熙北上盛京（今属辽宁沈阳），祭扫祖墓，祭祀长白山。身为御前一等侍卫的纳兰性德扈从御驾一路前行。是夜风雪大作，军阵驻扎山海关内，作者情怀激荡，思绪万千，遂写下这首格高韵远的边塞词。

上片"山一程，水一程"六字，颇具韵律感、节奏感，又极富顿挫感、绵延感，突出行程之久、路途之长。此番大军出行，翻山越岭，涉水过河，漫漫征途，已有七日之余，着实艰辛！路越走越长，离家越来越远，思乡之情也越来越浓。诗人说："身向榆关那畔行"——榆关，又名临渝关，距山海关六十余里（清·高士奇《扈从东巡日录》卷上）。此句意谓大军向着榆关、山海关外一路行进。山海关地势险要，为边郡之咽喉、京师之锁钥，蔚为"天下第一关"，此处写"身向榆关"，格局陡然一变，征战杀伐之气挺然而出。

当此之时，雄关在望，沧海在侧，一川连营，万点灯火，恍若繁星满天，照亮了苍茫漆黑的边塞大地。"夜深千帐灯"这一句紧承"身向榆关那畔行"而来，不仅状写旌旗车骑之盛，更彰显出大清帝国的雄伟气度，被王国维赞誉为词中"千古壮观"境界。（《人间词话》卷上）

当时，翰林院侍讲高士奇也在扈从康熙之列。他在《扈从东巡日录》一书中，特别记录了他在榆关夜听海潮的感受，正可与"夜深千帐灯"的词境相互印证："驻跸二十里铺，夜听海潮声，殷然鞳鞺，意甚慨慷。念古人抱书挟剑，从军万里，号为壮游。今寰宇澄平，六龙巡幸，所过皆丰沛之地。臣忝列侍从，蒙恩更渥，此又千载一时，勉哉此行，敢惜况瘁耶？"意谓夜听海潮之声，如同钟鼓撞击，雄壮慷慨。遥想古人抱书挟剑从军，号为壮游。如今寰宇承平，天下富足，自己扈从圣驾一路壮行，真是千载不遇的盛况！

上片写行军、宿营，下片写浓郁的思乡之情。词云："风一更，雪一更"，以"一更"的重叠复沓，写出时间的推移，更写出风雪交加之况、风雪肆虐之狂，造成一种繁弦急鼓的艺术效果。"聒碎乡心梦不成，故园无此声。"故园者，北京也，诗人生于斯，长于斯，北京就是他的家乡、故乡。可边关的风雪实在太大，搅扰着他思乡的美梦，让他夜不能寐。一个"碎"字，将诗人思乡而不得回乡，梦乡而不得圆梦的烦闷心绪展现得淋漓尽致。

这首小令上片从空间着眼，令人有万千山水的苍茫之感；下片从时间着笔，点出漫漫长夜里的乡情乡思。上片看山、看水、看榆关，看千帐灯火；下片听风、听雪、听故园，听乡心破碎。上片写身不由己；下片写身不能安。上片在"一程"

第35课
纳兰性德《长相思》：婉约词家的边塞气派

山一程水一程身向榆关那畔行
夜深千帐灯
风一更雪一更聒碎乡心梦不成
故园无此声

纳兰长相思 壬寅康震

又"一程"的重叠吟哦中,写出关内关外的阻隔之苦;下片在"一更"又"一更"的复沓咏唱中,写出乡情乡思的梦碎之痛。由空间到时间,由视觉到听觉,由白天到黑夜,这首《长相思》以时空的推移和视听感受,展现了景象的宏阔,吐露了情思深苦的绵长心境。

抱负无法实现的遗憾人生

也许有人会问,康熙这次告祭祖陵,前后不过一个多月时间而已,纳兰为何如此思乡情切呢?这可能还是与他个人的志向、抱负,以及他的特殊身份、经历有关。纳兰自幼饱读诗书,才华出众,二十二岁殿试中二甲第七名,赐进士出身;出身又很显赫,其父明珠是当朝权臣。他是个文武兼修、壮志满怀的青年:"我亦忧时人,志欲吞鲸鲵。"(纳兰性德《长安行赠叶讱庵庶子》)"荆江日落阵云低,横戈跃马今何时?忽忆去年风雨夜,与君展卷论王霸。"(纳兰性德《送荪友》)康熙帝对他非常赏识,授予他御前一等侍卫衔,多次命他随驾出巡。但也正因为如此,凡是圣驾巡幸之处,无论远近,纳兰都要寸步不离跟随扈从:"日侍上所,所巡幸无近远必从,从久不懈益谨。""上之幸海子、沙河,及西山、汤泉,及畿辅、五台、口外、盛京、乌剌,及登东岳,幸阙里,省江南,未尝不从。"(清·徐乾学《通议大夫一等侍卫进士纳兰君墓志铭》)

这样的扈从生活固然极为荣耀,康熙帝对他也的确恩遇非常,相当器重,但循规蹈矩、亦步亦趋、谨小慎微的御前侍卫生涯也的确让他难以真正施展自己的才华,实现自己的壮志。在给朋友的信中,他就数次表达了这种困扰:"弟比来从事鞍马间,益觉疲顿。发已种种,而执殳如昔,从前壮志,都已颓尽。昔人言,身后名不如生前一杯酒,此言大是。"(纳兰性德《与严绳孙书》)而纳兰的朋友们,对于他这种无处施展才华的痛苦与纠结,也早已心领神会:"吾哥所欲试之才,百不一展;所欲建之业,百不一副;所欲遂之愿,百不一酬;所欲言之情,百不一吐。"(清·顾贞观《祭文》)或许,在纳兰的内心世界里,所期待的是翰林院的清华之选，孰料圣心所命竟让他执戟虎贲之列，或许正因为如此，他的《饮水》里才会有那么多的怨抑之词吧。所以，在《长相思》里，才总是山水兼程，行迈迟迟，才总是聒碎"乡心"，遥望"故园"。

纵观纳兰的一生，他喜交布衣之士，偏偏贵为王孙；意欲渔樵耕读，偏偏身在高堂；他天姿超逸、识见高明、学问淹通、才力强敏，却偏偏任职御前一等扈从，满怀的抱负、才华无从施展，这不能不说是造化弄人！好在，他的《饮水词》纯任性灵，清新秀隽，传写遍于村校邮壁，海内文士竞所模仿，流布后代，沾溉世人，总算没有太多的遗憾了。

第 36 课

袁枚《所见》：大诗人，小童趣

所　见

[清] 袁枚

牧童骑黄牛，歌声振林樾。
意欲捕鸣蝉，忽然闭口立。

· 选自《小仓山房诗集》卷二十五（浙江古籍出版社2015年版）。
· 林樾：茂密的树林。樾，树荫。

袁枚（1716—1798）

　　字子才，号简斋，晚年自号随园主人，钱塘（今属浙江杭州）人。清代著名文学家。少有才名，曾任多地知县，后绝意仕进，隐居江宁（今属江苏南京）小仓山随园。他个性鲜明，思想通脱，论诗标举"性灵"，主张抒写真实的个性、情感与生活。其诗感情真挚，别有情趣，形成"性灵诗派"。与蒋士铨、赵翼并称"乾嘉三大家"。《清史稿》有传，有《小仓山房诗集》《小仓山房文集》《随园诗话》等行世。

第 36 课

袁枚《所见》：大诗人，小童趣

> **青春寄语**　袁枚三十多岁就归隐随园，过起了自由自在的日子。他精通诗文，尤擅骈俪，标举性灵，自成一说。艺文之外，还钟情美食，喜好漫游，广纳弟子，实在是潇洒。也只有这样的人，才会写出这小小的童趣。

抒写真性情的童诗

清代诗人袁枚，擅长写精巧的小诗，比如《苔》："白日不到处，青春恰自来。苔花如米小，也学牡丹开。"清雅通俗，耐人寻味。他的这首《所见》，童趣盎然，也很令人难忘。

可爱的小牧童骑在牛背上，在林间唱着不知名的山歌。突然，牧童的歌声戛然而止，怎么回事儿？原来他看到了一只小小的蝉，正紧紧地贴在树干上！牧童凝神屏息，悄悄地靠近那只蝉，想要一下捉住它！——这首诗写的就是这么一个小小的场景。

古典诗词题材多样，我们熟悉的有送别诗、边塞诗、爱情诗、咏物诗等等，但是写小萌娃的诗词，其实并不多，像《所见》这样专写童真、童趣的诗，就更难得了。唐宋时期，这方面的名篇佳作有唐代白居易的《池上》："小娃撑小艇，偷采白莲回。不解藏踪迹，浮萍一道开。"唐代胡令能的《小儿垂钓》："蓬头稚子学垂纶，侧坐莓苔草映身。路人借问遥招手，怕得鱼惊不应人。"宋代杨万里的《宿新市徐公店》："篱落疏疏一径深，树头花落（一作'新绿'）未成阴。儿童急走追黄蝶，飞入菜花无处寻。"

这三首诗与《所见》一样，主角都是可爱的小萌娃，但各有侧重，萌娃与萌娃不一样。《池上》里的萌娃自以为神不知鬼不觉，偷采白莲大获成功，殊不知

179

他只顾头往前冲，屁股（破绽）都露出来了，还浑然不觉，沾沾自喜，自以为是，其实懵懂无知，可爱！《小儿垂钓》里的萌娃，学大人钓鱼，有人问路立刻摆摆手，生怕把鱼吓跑了，那股子认真劲儿活脱脱一个小大人！《宿新市徐公店》写萌娃捉黄蝴蝶，一口气追到黄澄澄的油菜花里，到底哪个才是黄蝴蝶，哪个才是油菜花，小萌娃彻底蒙了！

几首萌娃诗，大家都很喜欢，因为写得特别生动、可爱、自然、真情。袁枚写诗，主张"性灵"，简单说，就是写诗要抒发真性情，要贴近真实生动的生活，而不是一味地在诗歌里讲道理，摆学问，那样的诗也有它的好处，但是距离生活就比较远，也远远没有那么生动活泼。

富有生活情趣的文学家

袁枚是清代的大文学家，他与赵翼、蒋士铨等文学家并称"乾嘉三大家""江右三大家"。有人说他是"古文第一，骈体第二，诗第三"。袁枚天资聪颖，学习努力，十二岁考中秀才，二十三岁考中进士，被授予翰林院庶吉士，并先后在江苏溧水、江浦、沭阳、江宁做过知县，时间都不长。三十三岁那年，袁枚急流勇退，辞官回家。他以三百金在南京购得雍正朝江宁织造隋赫德的一座园子，改名"随园"，并对其进行了精心的修葺改造。（《清史稿·列传二七二》）

在《随园记》中，袁枚讲述了随园得名的由来："随其高，为置江楼；随其下，为置溪亭；随其夹涧，为之桥；随其湍流，为之舟；随其地之隆中而欹侧也，为缀峰岫；随其蓊郁而旷也，为设宧突。或扶而起之，或挤而止之，皆随其丰杀繁瘠，就势取景，而莫之夭阏者，故仍名曰随园，同其音，易其义。"

在《随园五记》中，他将随园描绘得如同杭州西湖："每治园，戏仿其意，为堤为井，为里、外湖，为花港，为六桥，为南峰、北峰"，"居家如居湖，居他乡如故乡"。一句话，随园有山有水，可游可居，俨然是袁枚的"壶天之隐"福地，远离尘世、放飞自我的理想乐园。

但袁枚并没有躲进随园孤芳自赏，而是将随园开放给士民百姓，开放办园，以园养园。他将随园的田地、山林、池塘租赁给租户，让他们在这里种粮、种菜、种水果，饲养家禽；袁枚是文坛顶尖的大文人，不少豪门富户都肯花大价钱请他写传记、墓志，润笔收入很丰厚；他还刻印、售卖自己的《小仓山房文集》，销售收入不菲；袁枚在任官时和归隐随园后，都曾设帐广收门生，这也是一个重要的收入来源；此外，他还不时得到各方面朋友们的慷慨资助——所以，袁枚在随园的日子过得很富足，也很惬意、自在。

在随园，袁枚还留给我们另外一份惊喜——美食谱《随园食单》。其中详细记录了三百二十六种美食佳肴的制作工艺，有些菜品比如"梨撞虾""蒋士郎豆腐""王太守八宝豆腐"等，直到今天还是餐桌上的名菜。汪曾祺先生有一篇《端午的鸭蛋》，写高邮的咸鸭蛋，读来令人垂涎三尺。殊不知《随园食单》里早有详细记载："腌蛋以高邮为佳，颜色细而油多，高文端公最喜食之。席间，先夹取以敬客，放盘中。总宜切开带壳，黄白兼用；不可存黄去白，使味不全，油亦走散。"记述之详之生动，丝毫不输汪先生的文章。

由此可见，袁枚是一位非常富有生活情趣的文人。他才华横溢，独具个性，不拘礼法，观念开放，该享受就享受，该赚钱就赚钱，该写传世诗文就写传世诗文，活得洒脱，玩得自在，正因为如此，他才能写出像《苔》和《所见》这样别具一格、耐人寻味而又独抒性灵的小诗。

后记

2021年春，《康震古诗词81课》付梓印行，得到读者好评。但也有不少家长朋友反映，篇目太多，书有些厚，希望能面向中小学生，编写一本薄厚适中的"小书"，更方便孩子们阅读，真正发挥助益课堂学习、丰富课外阅读的作用。于是，我特意编撰了这本"青少版"的《康震诗词课》，献给青少年朋友。

书中的古诗词，都是中小学语文教材及课标推荐背诵的篇目，从先秦到明清，各选取了一些有代表性的诗人、诗作，也包括《康震古诗词81课》的部分内容，每首诗词前都有"青春寄语"。由于篇幅所限，许多有代表性的诗人、诗作未能收入，感兴趣的朋友自己可以拓展学习。

古人说"诗无达诂"（汉·董仲舒《春秋繁露·精华第五》），意思是说，对一首诗的理解、解释可以有多种答案。语文课本对古诗词的解读，偏重教学指导，适合学生学习。这本小书则不妨拓展开来，在课本之外，多开一扇窗，多走一条路，多提供一种对诗词的解读。世界是如此丰富，我们对世界的解读与认识也应该越来越丰富啊！

这本书虽小，写起来并不容易。要将诗人的初衷与当代人的感悟融汇在解读中，传递给读者，的确要下不少功夫。平日读诗，偶有心得，我喜欢写写画画略作表达。诗画对读，别有意趣，也饶有兴味。书里的小字、小画，就是日常的一些习作，水平很业余，用心是好的，请读者朋友们多多指教。

感谢人民文学出版社编辑团队精益求精的优质编校工作。我的研究生王聪、田萌萌、王笑非、余丹、杨一泓、鹿越、谢雨情、高笑、张田雨、闫旻、曹璐、张冠柔等，先后提供了许多切实的帮助，在此表示衷心的感谢。写作中，学习、参考了不少方家的研究成果。有的随文注明，有的限于篇幅没有注出，在此也一并致以诚挚的谢意。

壬寅年立秋

古都长安

康震诗词课
青少版